d

Banana Yoshimoto

Dornröschenschlaf

Drei Erzählungen von der Nacht

Aus dem Japanischen von Annelie Ortmanns, Gisela Ogasa und Anita Brockmann

Diogenes

Titel der 1989 bei Fukutake Publishing Co., Ltd.,
Tokyo, erschienenen Originalausgabe:
›Shirakawa Yofune‹

Dornröschenschlaf und das Nachwort der Autorin
wurden von Annelie Ortmanns übersetzt,
Wanderer der Nacht
von Gisela Ogasa und
Eine geheimnisvolle Erfahrung
von Anita Brockmann
Umschlagfoto von
Lee Lim Chee

80/98/44/1
ISBN 3 257 06173 0

Inhalt

Dornröschenschlaf

Wann hat das bloß angefangen, daß ich immer so viel schlafe, wenn ich alleine bin?

Der Schlaf überschwemmt mich wie die Flut den Meeresstrand: zu spät – Widerstand zwecklos. Dieser Schlaf ist so unendlich tief, daß weder das Klingeln des Telefons noch der Straßenlärm von draußen an mein Ohr dringen. Dort, in dieser anderen Welt, ist nichts, was mich bedrücken könnte, keine Trauer, keine Einsamkeit, nichts als tiefer, tiefer Schlaf.

Nur der Augenblick des Aufwachens fühlt sich ein wenig verlassen an. Ein Blick in den leicht bewölkten Himmel sagt mir, daß geraume Zeit vergangen sein muß, seit ich eingeschlafen bin. Ich wollte doch gar nicht schlafen, und jetzt hab ich wieder den ganzen Tag verpennt…, denke ich benommen. Die Reue lastet bleischwer wie eine schmachvolle Niederlage auf mir, und plötzlich läuft mir ein kalter Schauer über den Rücken.

Wann habe ich bloß angefangen, mich mit Haut und Haar dem Schlaf zu überlassen? Wann habe ich jeden Widerstand aufgegeben…? Wie lange liegt die Zeit zurück, in der ich putzmunter, quicklebendig und immer hellwach war? So unwahrscheinlich weit liegt das zurück – es muß in grauer Vorzeit gewesen sein. Erinnern kann ich mich daran nur noch in nebulösen Bildern, wie aus tiefster Vergangenheit, auf denen Farne und Dinosaurier mir wild und grell ins Auge blitzen.

Einzig und allein den Anruf meines Liebsten erkenne ich auch im Schlaf.

Das Klingeln des Telefons hört sich deutlich anders an, wenn Iwanaga anruft. Keine Ahnung, wieso, aber ich kann das nun mal genau unterscheiden. Im Gegensatz zu allen anderen Geräuschen, denen man anhört, daß sie von außen kommen, klingt sein Telefonläuten mir angenehm im Kopf drinnen, als hätte ich Kopfhörer auf. Und wenn ich dann aufstehe und den Hörer abnehme, nennt er mit dieser unheimlich tiefen Stimme, bei der einem heiß und kalt wird, meinen Namen.

»Terako?«

Ich sage: »Ja«, worauf er ein wenig über meine ausnehmend hohl klingende Stimme lacht, und dann kommt jedesmal dieselbe Frage:

»Madame haben wohl wieder geruht?«

Ich liebe es so sehr, wenn er, der mir gegenüber sonst absolut keine Höflichkeitsfloskeln benutzt, plötzlich so mit mir redet, daß es mir beim Klang dieser Worte immer vorkommt, als bräche die Welt über mir zusammen. Mir wird schwarz vor den Augen, als würden die Rolläden heruntergelassen. Ich horche dem Nachhall seiner Worte noch ewig lange hinterher.

Wenn ich dann wieder zu mir gekommen bin, sage ich schließlich: »Ja, ich hab geschlafen.«

Das letztemal rief er an einem verregneten Abend an. Es

goß in Strömen, und unter der Glocke aus prasselndem Regen und bleischwerer Himmelsfarbe, die über der Stadt lag, bekam das Telefon als einzige Verbindung zur Außenwelt plötzlich eine ungeheure Bedeutung für mich.

Sobald seine Stimme anfängt, mir Uhrzeit und Treffpunkt für unsere Verabredung mitzuteilen, überkommt mich Unmut. Statt dessen sollte er lieber noch mal mein geliebtes »Madame haben wohl wieder geruht?« zum besten geben! Während ich den Fan markiere, der mit den Füßen auf den Boden stampft und: »Zu-ga-be! Zu-ga-be!« brüllt, greife ich zu Papier und Bleistift. Okay, um soundsoviel Uhr, ja, an demunddem Ort, alles klar.

Wenn mir jemand garantieren könnte, daß das, was zwischen uns beiden gerade abläuft, die wahre Liebe ist, dann würde ich demjenigen wahrscheinlich vor lauter Erleichterung die Füße küssen. Falls es aber irgendwann aus und vorbei sein wird, dann will ich auch bitte schön sein Telefonklingeln nicht mehr erkennen können, denn dann möchte ich auf der Stelle einschlafen und nie mehr aufwachen. Ich wünsche dann unverzüglich, in Ruhe gelassen zu werden.

Erschöpft und müde vor lauter Ungewißheit sehe ich unserem zweiten gemeinsamen Sommer entgegen, anderthalb Jahre nachdem wir uns kennengelernt haben.

»Meine Freundin ist gestorben.«

Seit fast zwei Monaten drücke ich mich nun schon davor, diesen Satz auszusprechen. Obwohl ich sicher bin, daß er mir ganz ernst zuhören würde, wenn ich es täte, habe ich es ihm immer noch nicht sagen können – ich weiß selbst nicht, warum.

Jede Nacht zerbreche ich mir den Kopf: Soll ich es sagen? Soll ich damit anfangen, jetzt sofort?

Ich gehe neben ihm her und suche nach Worten.

Meine Freundin ist gestorben. Du hast sie nie kennengelernt. Sie war meine beste Freundin, Shiori hieß sie. Nach der Uni ist sie in einen total verrückten Job eingestiegen. Hmmh, wie soll ich sagen, sie war im Dienstleistungsgewerbe ... eine Art verfeinerte Prostitution sozusagen. Sie war aber wirklich in Ordnung, wir haben zusammen gewohnt, als wir zur Uni gingen, in der Wohnung, in der ich jetzt alleine lebe. Einfach perfekt war das, echt. Wir hatten Spaß ohne Ende. Es gab nichts, was uns hätte Angst einjagen können, wir haben immer über alles mögliche geredet, die Nächte zusammen durchgemacht, uns total besoffen und so. Auch wenn einer von uns draußen was Schlimmes passiert war – sobald sie oder ich zur Tür reinkam, wurde zuerst Zeter und Mordio geschrien, dann wurde die Sache durch den Kakao gezogen, und schon war sie vergessen. Einfach klasse war das! Über dich hab ich mich auch oft mit ihr beratschlagt. Na ja, beratschlagen kann man das vielleicht nicht nennen, das war schon eher lästern, schimpfen und so... Und vorgeschwärmt hab ich ihr von dir! Was man halt so macht... Wir haben uns immer alles erzählt. – Zwischen dir und mir, das ist was anderes, du weißt schon – Frauen und Männer können sowieso nie richtige Freunde werden, oder? Und wenn man endlich soweit ist, daß es gemütlich wird miteinander, ist die Liebe futsch. – Shiori und ich, wir haben uns richtig gut verstanden. Wenn ich mit ihr zusammen war... ach, ich kann das schlecht beschreiben, also ... wenn einem die Last des Lebens gerade mal wieder so richtig die Schultern runterdrückte, verstehst du?, dann ... mit Shiori erschien sie einem plötzlich nur noch halb so schwer. Es wurde einem leicht ums Herz, ohne daß sie groß was zu tun brauchte, und ganz gleich, wie nah man sie an sich ranließ, nie klebte sie an einem, sie hielt immer genau den richtigen Abstand und tat einfach nur gut. Es war schön, eine richtige Freundin zu haben. Du warst da, und Shiori war da – ich hab zwar zu der Zeit immer unheimlich gelitten, aber das waren nur so Kinderwehwehchen. Wenn ich heute daran zurückdenke, kommt's mir vor wie ein einziges großes Fest! Himmelhoch jauchzend, zu Tode betrübt, jeden Tag. Shiori war schon eine tolle Frau, eine echte Freundin; wenn sie einem aufmerksam zuhörte, hat sie immer genickt und so ein bißchen aus den Mundwinkeln heraus gelächelt. Und dabei bekam sie diese Grübchen. Aber Shiori hat sich umgebracht. Da war sie längst schon bei mir ausgezogen und lebte alleine in so einer Luxusbude. Gestorben ist sie aber in ihrem kleinen Einzelbett, nachdem sie massenweise Schlaftabletten genommen hatte. Wo doch in ihrem Arbeitszimmer so ein riesengroßes Himmelbett stand, weißt du, so eins mit luftig weichen Plumeaus, in denen die Fürsten im Mittelalter geschlafen haben – wieso bloß hat sie sich zum Sterben nicht *das* ausgesucht? Ich weiß einfach keine Antwort darauf, obwohl ich ihre Freundin war! So wie ich sie kannte, hätte sie selbst garantiert für das große plädiert, nach dem Motto: »Weil man darin bestimmt bessere Chancen hat, in den Himmel zu kommen.« Von ihrem Tod erfuhr ich am Telefon, durch ihre Mutter, die aus ihrem Heimatort hergeflogen war. Ich traf sie dann zum ersten Mal – die Ähnlichkeit mit Shiori war verblüffend, mir wurde ganz warm ums Herz, und dann hat sie mich auch noch nach Shioris Arbeit gefragt – aber darauf konnte ich ihr einfach keine Antwort geben.

Ach, hat doch alles keinen Zweck, Mensch! Nicht mal annähernd vernünftig ausdrücken kann ich es. Ich weiß genau, je mehr ich versuche, meine Gedanken rüberzubringen, desto schneller sprudeln die Wörter aus mir heraus, zerfallen zu Staub und werden in alle Winde verweht – deshalb lasse ich sie erst gar nicht über die Lippen kommen. Nichts kann ich auf diese Weise rüberbringen, rein gar nichts. Letztlich zählt sowieso nur, daß meine Freundin tot ist. Was in aller Welt kann ich denn sagen, um meine ganze Trauer auszudrücken…

…denke ich unter einem Nachthimmel, dem man schon den nahen Sommer anmerkt. Während wir über die große Fußgängerbrücke vor dem Bahnhof gehen, sagt er:

»Morgen muß ich erst mittags in der Firma sein.«

In langen, glänzenden Schlangen winden sich in weiter Ferne Autos um eine Kurve. Auf einmal kommt mir die Nacht schier unendlich vor, und ich bin glücklich. Das mit Shiori ist wie weggeblasen.

»Dann können wir ja irgendwo übernachten zusammen«, sage ich ausgelassen und nehme seine Hand, worauf er, wie immer mit einem kleinen Lächeln von der Seite, sagt: »Ja, genau.«

Ich bin überglücklich. Ich liebe die Nacht. Zum Wahnsinnigwerden. In der Nacht sieht immer alles machbar aus, und deswegen werde ich kein bißchen müde.

Zusammen mit ihm bekomme ich von Zeit zu Zeit das »Ende der Nacht« zu Gesicht. Ein Anblick, den ich nie zuvor erlebt habe.

Nicht während*dessen*, das meine ich nicht. Während*dessen* verliert sich nur der Abstand zwischen uns, auch unsere Seelen schweifen nicht mehr ab. Er ist jemand, der beim Sex kein Wort sagt, also absolut keinen Ton; deshalb versuche ich zwar immer, irgend etwas aus ihm herauszulocken, um ihn zu ärgern, aber eigentlich mag ich sein Schweigen richtig gern. Ich habe dann das Gefühl, als schliefe ich durch ihn hindurch mit der riesigen Nacht. Solange er nichts sagt, fühle ich nicht nur ihn in meinen Armen, sondern sein ganzes wahres Wesen, vom tiefsten Grunde seines Herzens. Bis er »Wollen wir allmählich schlafen?« sagt und sich von mir löst, brauche ich an nichts zu denken. Ich brauche nichts weiter zu tun, als die Augen zu schließen und sein wahres Wesen zu fühlen.

Es passiert später, tief in der Nacht.

Es ist immer gleich, egal, ob wir in einem großen Hotel sind oder in einer billigen Absteige hinterm Bahnhof. Mitten in der Nacht werde ich plötzlich mit dem Gefühl wach, Wind oder Regen zu hören.

Und weil ich dann immer unbedingt hinaussehen möchte, öffne ich das Fenster. Leise streicht ein kühler Wind ins stickige Zimmer, und ich sehe die Sterne funkeln. Oder es fängt sachte an zu regnen.

Und wenn dann zufällig, nachdem ich mir das eine Weile angesehen habe, mein Blick auf ihn an meiner Seite fällt, hat er, von dem ich geglaubt habe, daß er fest schläft, die Augen weit offen. Aus unerfindlichen Gründen fehlen mir die Worte, ich schaue ihm nur still und tief in die Augen. Obwohl er im Liegen wohl kaum hinaussehen kann, ist sein Blick hell und klar, so als würde er die Aussicht und die Geräusche von draußen wahrnehmen.

»Was gibt's da draußen?« fragt er mich ganz ruhig und leise.

»Regen«, antworte ich, oder: »Wind«, oder: »Es ist ganz klar, und man kann die Sterne sehen.« Irgendwie fühle ich mich einsam und verlassen dabei, und meine Stimmung droht umzukippen. Warum bin ich nur so einsam, wenn ich mit ihm zusammen bin? Vielleicht wegen dieser komplizierten Situation, in der wir uns befinden; vielleicht liegt es auch daran, daß mir zu allem, was uns beide betrifft – mit Ausnahme meiner Liebe zu ihm –, das eindeutige Gefühl fehlt: Ich kann nicht sagen, was ich von unserer Beziehung erwarte.

Das einzige, worüber ich mir die ganze Zeit schon im klaren bin, ist, daß unsere Liebe auf Einsamkeit gebaut ist. Still geduckt sitzen wir beide in strahlend öder Finsternis und können uns nicht lösen aus der bleiernen, lähmenden Gemütlichkeit dort.

Dort ist das Ende der Nacht.

In der kleinen Firma, in der ich nach der Uni eine Stelle gefunden hatte, ist immer dermaßen hektisch viel los gewesen, daß mir keine Sekunde mehr blieb, ihn zu sehen; also hab ich kurzerhand gekündigt. Jetzt ist es bald ein halbes Jahr her, seit ich keinerlei Arbeit mehr nachgehe. Ich habe die meisten Tage damit verbracht, in aller Ruhe für mich alleine einzukaufen und meine Wäsche zu waschen – ich hab ja nichts zu tun tagsüber.

Ich kann bequem leben, da ich etwas auf der hohen Kante habe – nicht viel zwar, aber immerhin – und er mir außerdem jeden Monat eine erstaunlich hohe Summe überweist, weil ich die Stelle schließlich seinetwegen an den Nagel gehängt hätte. »Na bitte – jetzt werd ich schon ausgehalten wie eine typische Geliebte!« dachte ich anfangs und habe kurz gezögert, aber dann entschloß ich mich doch, das Geld dankend anzunehmen, getreu meinem Lebensmotto: Erst mal nehmen, was man kriegen kann. Das heißt, vielleicht verpenne ich meine ganze Zeit ja auch nur, weil ich nichts zu tun habe. Ich weiß zwar nicht, wie viele junge Frauen es von meiner Sorte noch gibt in Japan, doch all jene seltsam blaß und matt wirkenden Geschöpfe, denen ich tagsüber in den Kaufhäusern begegne und die weder wie Studentinnen noch wie Freiberuflerinnen aussehen, sind womöglich ähnlich gelagerte Fälle, davon bin ich fast überzeugt. Denn dieses Umherirren mit völlig ziellosen Blicken kenne ich nur allzu gut.

An einem sonnigen Nachmittag, als ich gerade mal wieder so durch die Straßen bummele, läuft mir zufällig ein Freund über den Weg.

»Heeey, wie geht's?« rufe ich und renne auf ihn zu. Er ist ein Freund aus Unizeiten, ein sehr verläßlicher, lieber Mensch. Shiori ist mal mit ihm zusammengewesen, wenn auch nur für ziemlich kurze Zeit. Ein paar Monate haben sie sogar zusammengelebt.

»Gut, guuut«, sagt er und lacht.

»Was denn – sag bloß, du bist im Dienst?«

Er trägt ein schwarzes Hemd und eine Baumwollhose, was wirklich total nach Freizeitdreß aussieht, und der Umschlag in seiner Hand ist das einzige, was er bei sich hat.

»Was denkst denn duuu! Ich bin gerade auf dem Weg, etwas auszuliiiefern. Du scheinst immer noch zuviel Zeit zu haben, tyyypisch!« Er hat die Angewohnheit, beim Sprechen immer so süß die Wörter langzuziehen, was sich unheimlich nett anhört. Er steht da unter blauem Himmel und strahlt über beide Ohren.

»Genau. Ich hab Zeit. Absolut nix zu tun«, sage ich.

»Beneidenswert! *La dolce viiita!*«

»Eben. – Hör mal, du gehst doch bestimmt zum Bahnhof, oder? Dann laß mich doch einfach mitgehen bis zur Ecke da drüben!« Wir setzen uns in Bewegung.

Der blaue Himmel strahlt seltsam kraß, die Umrisse der Gebäude wirken wie ausgeschnitten – ich komme mir schon die ganze Zeit vor wie in einem fremden Land. *High Noon* in der Stadt bei Sonnenschein kann einem das Gedächtnis und alles ganz schön durcheinanderbringen. Um so schlimmer mitten im Sommer. Ich höre meine nackten Arme förmlich in der Sonne brutzeln.

»Mensch, ist das haaaiiiß!«

»Ja, echt heiß heute!«

»Duuu, ich hab gehört, Shiori ist tooot...!?« sagt er. »Ich hab's gerade erst erfaaahren.«

»Ja. Ihre Eltern sind extra hierher gekommen aus ihrem Heimatort, es war schrecklich!« Eine selten blöde Reaktion von mir!

»Kann ich mir voorstellen. Sie soll ja so einen seltsamen Job gehabt haaaben...?«

»Ja, wirklich. Ich hab auch gedacht: Es gibt die eigenartigsten Sachen auf der Welt, mit denen man sein Geld machen kann.«

»Ist sie deswegen gestorben, ich meine, wegen ihrer Aaarbeit?«

»... Ich weiß es nicht. Aber ich glaube eher nicht.«

»Tja, sie selbst wird wohl auch die einzige sein, die das wissen kann. Trotzdem, sie war doch immer so gut drauf und so ein liiieber Mensch! Ich kann mir einfach nicht vooorstellen, was ihr dermaßen auf der Seele gelegen haben soll, daß sie lieber tooot sein wollte.«

»Ich auch nicht.«

Wir schweigen eine Weile und trotten langsam die breite Straße hinunter. Autos fahren vorbei, die Sonne scheint uns direkt ins Gesicht und blendet. Shiori mit nassen Haaren, Shiori beim Nägelschneiden, Shioris Rücken, wenn sie Geschirr abwäscht, ihr schlafendes Gesicht in der Morgensonne... den Menschen da neben mir und mich verbinden diese Szenen, die nur jemand kennen kann, der mit ihr zusammengelebt hat. Diese Vorstellung ist irgendwie sehr verwirrend.

»Und duuu? Brichst du immer noch die Eeehe?« fragt er plötzlich und grinst.

»Ich verbitte mir diese Ausdrucksweise!« sage ich, muß aber auch grinsen. »Aber klar, getrennt haben wir uns jedenfalls noch nicht.«

»Bring dein Liebesleben endlich mal in Ooordnung!« Er sagt das ganz unbekümmert, ohne jeden dunklen Unterton, und das schlägt bei mir um so schwerer ein. »Seit ich dich kenne, hast du immer so einen erwachsenen Eindruck gemacht. Scheinst ein Faible für ältere Männer zu haben, wiiie?«

»Wo du recht hast, hast du recht.« Ich lächele.

Und das, wo ich doch alles so wahnsinnig ernst nehme in diesen Dingen – ich fange schon an, am ganzen Leib zu zittern, wenn ich nur daran denke, daß diese Liebe zu Ende gehen könnte. Andererseits verhalte ich mich die ganze Zeit so, als würde es mich nicht groß wundern, wenn es irgendwann aus wäre – trotzdem, die Flamme meines Gefühls brennt leise weiter.

»Tja, dann tschüüüs, bis irgendwann mal. Gib mir Bescheid, falls es ein Treffen mit den Leuten von früher geben sollte«, sagt er, als wir uns dem Eingang zur U-Bahn-Station nähern, hebt kurz die Hand zum Gruß und verschwindet die Treppe hinunter in den schummrigen Untergrund. Der Abschied fällt mir irgendwie schwer; ich stehe in der sengenden Sonne und sehe ihm lange nach. Eine Leere macht sich in mir breit, als hätte sein Rücken alles Helle, Frohe aus meinem Herzen mit sich fortgetragen.

Damals, sofort nachdem sie mit ihm Schluß gemacht hatte, war Shiori in meine Wohnung eingefallen. Sie bekam von zu Hause regelmäßig Unterhalt, und sie war eigentlich jemand, der es liebte, in geregelten Verhältnissen zu wohnen, aber aus irgendeinem Grund hatte sie keinen Bock auf eine eigene feste Wohnung, und jedesmal, wenn sie umzog, ließ sie kurzerhand alles zurück, ob das nun Bücher waren oder Geschenke. Sie hasse es, Ballast anzuhäufen, sagte sie. Mit genau 1 Kopfkissen, 1 Frotteedecke und 1 Reisetasche zog sie aus seiner Wohnung zu mir. Obwohl sie gar nicht wie jemand wirkte, der es alleine nicht aushält, schien es ihr Hobby zu sein, ihre Anwesenheit auf die Wohnungen ihrer Freunde zu verteilen.

»Warum hast du ihn verlassen?« fragte ich sie.

Sie antwortete: »Tja – warum? Also, sieh doch mal: *Ich* war schließlich der Schmarotzer! Bevor ich nicht ausgezogen bin, kann man gar nicht anfangen, über die Sache zu diskutieren.« Sie sprach in Rätseln.

»Was hast du denn an ihm geliebt?« fragte ich.

»Er redet so süß, findest du nicht?« sagte sie und lächelte ein wenig wehmütig. »Aber als ich dann bei ihm wohnte, mußte ich zur Genüge erfahren, daß er bei weitem nicht immer so lieb und süß ist. Mit dir zu leben macht viel mehr Spaß, Terako! Du bist wenigstens immer nett!«

Shiori strahlte wieder, als sie das sagte. Mit ihren weißen Wangen und den matten Augen erinnerte ihr Lächeln an ein Marsh Mallow. Damals gingen wir beide noch zur Uni, und obwohl unser Lebensrhythmus daher fast gleich war, wir also ständig zusammensteckten, haben wir uns kein einziges Mal gestritten. Shiori integrierte sich im Nu in meine Wohnung und war so selbstverständlich da, als sei sie von der Zimmerluft absorbiert worden.

Nicht, daß ich lesbisch wäre oder so, aber wenn ich mit Shiori zusammen war, dachte ich manchmal wirklich: Im Grunde meines Herzens mag ich Frauen vielleicht viel lieber als Männer. So eine tolle Frau war sie, und so phantastisch haben wir uns verstanden. Sie sah blaß aus, war pummelig, hatte sehr schmale Augen und einen großen Busen. Als Schönheit konnte man sie also nicht gerade bezeichnen; mit ihrem allzu sanftmütigen Gehabe und ohne einen Funken von dem, was man gemeinhin Sex-Appeal nennt, war sie eher der »Mutti-Typ«. Sie war nicht sehr gesprächig, einfach nur sehr weiblich, und wenn ich an Shiori denke, erinnere ich mich kaum an ihre äußere Erscheinung, sondern immer nur an das, was sie umgab: ihre sanfte Aura. Als sie noch da war, habe ich manchmal in ihr offenes, fast schattenloses Lächeln geblickt, in diese Augen, um die sich dann Fältchen bildeten, und hätte am liebsten – ohne daß ich gewußt hätte, warum – mein Gesicht in ihren riesengroßen Busen vergraben, bitterlich geweint und mir alles, aber auch alles, von der Seele geredet. Meine Fehler, meine Lügen, meine Zukunftssorgen, meine Müdigkeit, meine Zugeständnisse, die dunklen Nächte, meine Ängste – einfach alles. Ich wollte an meinen Vater, meine Mutter, den Mond in meiner Heimat und die wechselnden Farben des Windes über den Feldern denken.

Diese Art von Frau war Shiori.

Obwohl es ja nur ein paar Minuten waren, hat mich das Treffen mit dem Freund von früher völlig durcheinandergebracht. Alleine kehre ich unter einer sengenden Sonne, von der einem fast schwarz vor den Augen wird, nach Hause zurück. In meine Wohnung fällt nachmittags sehr viel Sonne. Im blendenden Licht nehme ich mit benommenem Kopf die trockene Wäsche ab. Das weiße Laken, das meine Wange streift, verströmt den angenehmen Duft frischgewaschener Baumwolle.

Irgendwie werde ich müde. Während ich so die Wäsche zusammenlege – die Sonne fällt mir auf den Rücken wie ein Brausestrahl, und die Klimaanlage umsäuselt mich mit ihrem kühlen Wind –, fallen mir allmählich die Augen zu. Die Mittagsschläfchen, in die man bei solchen Gelegenheiten sinkt, sind normalerweise besonders angenehm. Man meint, in goldene Träume einzutauchen. Ich ziehe mir nur den Rock aus und verkrieche mich einfach so ins Bett. Aber in letzter Zeit träume ich nicht mal mehr. Es wird sofort stockfinster.

Das Telefonklingeln, das sich plötzlich in meinen Schlaf bohrt, holt mich wieder ins Bewußtsein zurück. *Er* ist es, denke ich und stehe mit einem Blick zur Uhr auf: Nicht mal zehn Minuten sind vergangen, seit ich eingeschlafen bin. Wäre es jemand anders, nie und nimmer hätte ich etwas gehört, ich hätte einfach weitergepennt. – Würde einem so was als übersinnliche Fähigkeit angerechnet, ich glaube, ich könnte ein klasse Medium abgeben.

»Terako?« sagt er, als ich den Hörer abnehme.

»Ja, ich bin's.«

»Madame haben wohl wieder geruht?« sagt er irgendwie froh. Und weil ich mich beim Klang dieser Worte immer gut fühle, muß auch ich unwillkürlich vor mich hin lächeln.

»Ja, aber ich war gerade dabei aufzustehen.«

»Wer's glaubt, wird selig! Apropos: Was hältst du davon, wenn wir heute abend zusammen was spachteln gehen?«

»Gute Idee!«

»Tja, dann bis nachher, da, wo wir uns immer treffen, um halb acht, ja?«

»Okay.«

Ich lege auf; das Zimmer ist nach wie vor lichtüberflutet und still. Alles wirft dunkle, klar umrissene Schatten auf den Boden: ausgeschnittene Zeit. Ich schaue mir das eine Weile an, bekomme aber zu nichts Lust und gehe einfach wieder ins Bett. Vorm Einschlafen denke ich noch ein bißchen über Shiori nach.

Der Mann da vorhin – der Mann, den Shiori zuletzt geliebt hatte – hat mich gefragt, ob sie sich »wegen der Arbeit« umgebracht hätte. Geantwortet habe ich, ich wüßte es nicht, aber gedacht habe ich im Grunde meines Herzens, daß das wohl doch die richtige Erklärung war.

Shiori war wie besessen von ihrer Arbeit, sie war verrückt danach. Wegen der Arbeit ist sie damals auch bei mir ausgezogen. Und in gewissem Sinn handelte es sich sicher auch um eine Tätigkeit, die nur sie allein beherrschte, die man vielleicht als ihre Berufung hätte bezeichnen können. Beschäftigt war sie bei einer Art Geheimclub, nein, bei einer Organisation für eine recht merkwürdige Form von Prostitution; wie sie sagte, war sie dort durch einen Gast eingeführt worden, der sie in der Bar abwarb, wo sie auf Vermittlung eines Freundes gejobbt hatte. Was sie zu tun hatte, war »Bei-Schlaf« im wörtlichen Sinne, das heißt, der Kunde durfte lediglich neben ihr schlafen. Ich war völlig geplättet, als ich das erste Mal davon hörte.

Von ihrem Arbeitgeber und Patron hatte sie eine eigene Wohnung zugewiesen bekommen; ihr Arbeitszimmer befand sich im selben Haus, nur ein Stockwerk tiefer, und dort stand das bereits erwähnte riesige Doppelbett, in dem man so wunderbar schlafen konnte. Ich hab es selbst nur ein einziges Mal gesehen. Der Raum sah weniger nach Hotelzimmer aus, sondern wirkte eher wie irgendwo im Ausland. Es war ein richtiges *Schlaf*-Zimmer, so wie ich es zuvor nur im Kino gesehen hatte. Und dort teilte Shiori mehrere Male in der Woche mit einem ihrer Kunden das Bett bis zum Morgen.

»Waaas?! Kein Geschlechtsverkehr?« fragte ich. Shiori hatte sich immer mehr verstrickt in ihre Arbeit, und es war der Abend, an dem sie mir schließlich eröffnete, daß sie aus meiner Wohnung ausziehen und in das Haus einziehen würde, wo auch ihr Arbeitszimmer war.

»Quatsch, natürlich nicht! Leute, die *das* wollen, gehen in andere Etablissements!« sagte Shiori bloß dazu und lächelte ihr rundes Lächeln.

»Was es nicht alles gibt auf dem Arbeitsmarkt! Scheint wirklich nur eine Sache von Angebot und Nachfrage zu sein.« Ich konnte nicht verhindern, daß sie auszog. Außerdem hatte ich begriffen, daß Shiori, aus welchem Grund auch immer, diesem wunderlichen Job längst verfallen war. »Du wirst mir fehlen«, sagte ich.

Sie antwortete: »Ach, ich bekomme doch auch noch ein ganz normales Apartment zum Wohnen, komm mich einfach besuchen!« Sie hatte nicht mal angefangen zu packen – ich konnte einfach nicht begreifen, daß sie weggehen würde, so sehr gehörte sie in meine Wohnung.

Es war schon spät in der Nacht; wir saßen wie immer auf dem Boden und sahen uns eigentlich Musikvideos an, das heißt, wir quatschten und gaben zwischendurch Kommentare ab wie: »Das Stück ist gut« oder »Die Typen sehen aber beschissen aus«. Wenn ich mit Shiori zusammen war, kam mir die Zeit schon immer seltsam verzerrt vor. Weil die schmalen Augen in ihrem Gesicht mit den überaus liebevollen Zügen immer dunkel verschleiert waren wie blaue Monde.

Sie schlief in einem Futon auf dem Boden neben meinem Bett, und beim Verdunkeln des Zimmers sah ich ihre schneeweißen Arme im Mondlicht glänzen. Bei unseren Gesprächen im Dunkeln kannten wir absolut keine Grenzen, und ich glaube, wir haben unheimlich oft so gequatscht wie in jener Nacht. Aber damals erzählte Shiori besonders viel von ihrer Arbeit. Ich lag in der Dunkelheit und hörte ihrem Redefluß zu, ihr zartes Stimmchen klang wie eine kleine Nachtmusik.

»Also, ich darf die ganze Nacht kein Auge zutun. Stell dir mal vor, der Typ neben mir würde mitten in der Nacht aufwachen, und ich würde pennen wie ein Murmeltier – dann wäre meine Arbeit ja überhaupt nichts wert, hm, wie soll ich sagen? Das wäre einfach nicht professionell, verstehst du? Weil ... sie dürfen nie das Gefühl bekommen, alleine zu sein. Meine Kunden – es kommen natürlich nur Leute auf Empfehlung – stammen allesamt aus geordneten Verhältnissen. Alle sind sie auf höchst subtile Weise verletzt worden und total erschöpft, am Ende ihrer Kräfte. So sehr, daß nicht mal sie selbst mehr merken, wie unendlich erschöpft sie sind. Deshalb – und man kann sich wirklich darauf verlassen – wachen sie nachts plötzlich auf. In so einem Fall ist es wichtig, daß ich ihnen bei gedämpftem Licht mein strahlendstes Lächeln schenke. Dann reiche ich ihnen ein Glas Eiswasser. Einige wollen auch einen Kaffee oder so, dafür gehe ich dann extra in die Küche, um ihn frisch aufzubrühen. Damit kann man die meisten beruhigen, so daß sie bald wieder tief und fest schlafen; so sind die Menschen halt. Ich glaube, sie brauchen alle bloß jemanden, der einfach nur neben ihnen schläft. Es sind auch Frauen darunter, und sogar Ausländer. Trotzdem, da ich halt auch nur ein Mensch bin, kommt es schon mal vor, daß ich doch einschlafe ... –

Ja, genau, und ob man's glaubt oder nicht, wenn man neben so einem total erschöpften Menschen schläft, wenn sich also das eigene Atmen allmählich an den gleichmäßigen Rhythmus des anderen anpaßt, dann atmet man wahrscheinlich die Finsternis seiner Seele mit ein. Du darfst nicht einschlafen, nur nicht einschlafen! sage ich mir die ganze Zeit, und dann habe ich oft im Halbschlaf diese furchtbaren Alpträume. Ganz surrealistisch: Ich sitze auf einem sinkenden Schiff fest; ich verliere alle Münzen, die ich gesammelt habe; die Dunkelheit kommt zum Fenster hereingekrochen; jemand schnürt mir die Kehle zu... Ich schrecke hoch, mein Herz klopft wie verrückt. Ich habe undefinierbare Angst. Ich schaue auf den Menschen, der neben mir schläft, und denke, ich habe gerade in seine Seele gesehen, und dieser Anblick war so schlimm, so einsam, so brutal... Ach, mir wird angst und bange, wenn ich nur daran denke!«

Im Mondschein lag Shiori da und starrte an die Decke. Matt glänzte das Weiße in ihren Augen, und ich dachte: Und wenn es in Shioris Seele genauso aussähe... Aber irgend etwas hielt mich davor zurück, dies laut zu sagen. Ich war jedoch überzeugt, daß ich mit meiner Vermutung recht hatte. Zum Heulen fest überzeugt.

Mittlerweile ist es bereits Hochsommer. Jedesmal, wenn ich ihn in dem Laden, wo wir uns immer verabreden, in einem kurzärmligen Hemd zur Tür hereinkommen sehe, schrecke ich zusammen – es kommt mir irgendwie unpassend vor. Ich erwarte ihn nun mal in Mantel und Pullover, wahrscheinlich, weil es Winter war, als wir uns kennengelernt haben. Wenn wir zusammen sind, habe ich immer das Gefühl, durch eisigen Nordwind zu marschieren. Ich glaub, ich hab sie nicht mehr alle. Die Klimaanlage in dem Laden hier läuft auf Hochtouren, draußen herrscht eine stickig heiße Tropennacht, aber all das ändert nichts an dem Klima in meinem Herzen.

»Gehen wir?« sagt er und sieht mich, die ich ihm nur teilnahmslos mit dem Blick gefolgt bin, bis er direkt vor mir steht, verwundert an. Ich sehe auf, schaue aber noch eine ganze Weile verständnislos in seine Augen, bevor ich »Ja...? – Ja« sagen kann und aufstehe. Im Moment der Begegnung bin ich jedesmal irgendwie verwirrt.

»Na, wie war dein Tag?« fragt er wie immer nebenbei.

»Ach, ich war bloß zu Hause und... ah ja, mittags hab ich kurz einen alten Freund getroffen.«

»Einen Freund? Das wird doch wohl kein *date* gewesen sein, was?« fragt er mit einem Grinsen.

Ich grinse zurück und sage: »Quatsch, es war ein *junger* Freund!«

»Noch schlimmer!« mault er.

Daß er sich den Altersunterschied zwischen uns von gerade mal sechs Jahren dermaßen zu Herzen nimmt, mag daran liegen, daß ich ungewöhnlich jung aussehe. Wenn ich ungeschminkt das Haus verlasse, kann es mir ab und zu noch passieren, daß man mich für eine Oberschülerin hält. Scheint so, als wäre ich nicht älter geworden, seit ich mit der Uni fertig bin. Liegt wahrscheinlich an meinem Lebensstil.

»Können wir es uns heute gemütlich machen?« frage ich ihn, worauf er mir traurig in die Augen sieht und bedauernd antwortet:

»Tja, leider muß ich noch zu Verwandten. Deshalb können wir jetzt nur was zusammen futtern gehen.«

»Verwandte? Deine?«

»Nein, ihre.«

In letzter Zeit versucht er nicht mal, es zu verbergen. Wahrscheinlich, weil ich einen zu guten Instinkt habe und es sowieso rauskriegen würde. Er ist nämlich verheiratet.

Aber seine Frau ist nicht mehr bei Bewußtsein, sie liegt im Krankenhaus und lebt still vor sich hin. Schlafend.

Meine erste richtige Verabredung mit ihm hatte ich an einem Sonntag mitten im Winter; wir fuhren zusammen mit dem Auto ans Meer. Ein Studentenjob, den ich übernommen hatte, war gerade zu Ende, und ich hatte mich für den ersten Sonntag danach zu einem *date* mit ihm hinreißen lassen. Er war bei der Arbeit einer meiner Vorgesetzten gewesen, und ich wußte, daß er ein verheirateter Mann war. Es wurde ein langer, langer Tag.

Heute kann ich spüren, daß die große Veränderung in mir bereits an diesem Tag eingesetzt haben muß. Ich muß an jenem Tag das gesunde Mädel in mir irgendwo zurückgelassen haben. Obwohl sich eigentlich nichts merklich veränderte, müssen er und ich irgendwann an diesem Tag mit einem Schlag in einen großen, dunklen Strudel des Schicksals hineingerissen worden sein, gegen den wir uns nicht wehren konnten. Damit meine ich nicht nur den Strudel sexueller Energie, die Verliebtheit erzeugt, sondern einen weitaus überwältigenderen, furchtbar traurigen Strudel, gegen den wir beide auch mit vereinten Kräften nicht das geringste ausrichten konnten.

Damals an jenem Tag aber war ich noch völlig unbeschwert und gutgelaunt, ich platzte vor Lebensfreude und hatte ihn – obwohl wir uns nicht mal geküßt hatten – einfach nur total lieb, lieber als jeden anderen Menschen auf der Welt. Während ich mich von ihm die endlose Küstenstraße entlangfahren ließ, war ich einfach nur glücklich: Das Meer war wunderschön, und ich fühlte, passend zu den im Licht schaukelnden Wellen, eine glitzernde Wahnsinnsenergie in mir aufschäumen.

Wir stiegen irgendwo am Strand aus, und nach ein paar Schritten waren meine Pumps voller Sand. Trotzdem, der Seewind war angenehm, die Sonne schien matt. Da wir wußten, daß es zu kalt war, um uns allzu lange draußen aufhalten zu können, war uns das Rauschen der Wellen um so lieber. Ehe ich mich versah, hatte ich schon mit festem Blick zu ihm aufgeschaut und neckisch gefragt:

»Was ist denn Ihre Frau so für ein Mensch, Herr Iwanaga?«

Er lächelte bitter und sagte: »Gar keiner. Sie ist nur noch Gemüse. Vegetiert vor sich hin.«

Es mag zynisch klingen, aber jedesmal, wenn ich mich an diesen Dialog erinnere, kann ich mich kaum halten vor Lachen. ›Was ist denn Ihre Frau so für ein Mensch?‹ – ›Gar keiner. Sie ist nur noch Gemüse.‹

Damals konnte ich jedoch wirklich nicht darüber lachen; ich machte bloß große Augen und fragte: »... Wie?«

»Ja, sie hatte einen Unfall – hat selbst am Steuer gesessen – und liegt seitdem im Krankenhaus, im Koma. Das ist jetzt bald ein Jahr her. Was glauben Sie, weshalb ich mich einfach so mit einer anderen Frau treffen kann, am Sonntag?«

Während er das so leichthin sagte, hielt er die eine Hand in seiner Manteltasche vergraben. Ich zog sie heraus – sie war ganz heiß. Erschrocken sagte ich: »Das ist doch nicht wahr, oder?«

»Eine derart abstruse Geschichte denkt man sich wohl kaum aus, oder?«

»Ja, da haben Sie recht.« Ich nahm seine Hand fest in meine beiden Hände. »Sie besuchen sie doch sicher und pflegen sie? Ist es sehr schlimm?«

»Hören wir auf, davon zu reden«, sagte er und wandte den Blick von mir ab. »Es ändert ja auch nichts an der Tatsache, daß ein verheirateter Mann vor Ihnen steht. Und ein verheirateter Mann, der sich verliebt, hat ohnehin schon verdammt viel auf dem Buckel, auch ohne Gemüsefrau.«

»Falls das ein Witz sein sollte – lustig war er nicht gerade«, sagte ich und führte seine Hand an die Wange. Der Wind verstummte in meinem Ohr. Es roch nach Winter. Die Wolken, die in der Ferne über dem Meer leuchteten, verschmolzen mit dem Himmel zu einem purpurnen Vlies. Leise übertrug seine Hand das Rauschen der Wellen.

»Kommen Sie, wir gehen«, sagte ich. »Mir ist kalt geworden. Trinken wir irgendwo einen heißen Tee.«

Als ich seine Hand ganz automatisch loslassen wollte, hielt er meine zurück und drückte sie, ganz kurz nur, ganz fest. Erschrocken sah ich zu ihm auf: Ich blickte in Augen, die die Ewigkeit zu schauen schienen, in eine Farbe, tiefer als das Meer, in der ich ALLES zu erkennen glaubte.

Alles über ihn, die Vorzeichen der großen Liebe zwischen uns – in jenem Moment begriff ich ALLES, mit einem

Mal, das ganze schwere Bündel zwischen ihm und mir. Und da erst habe ich mich richtig in ihn verliebt. Dort, im Angesicht des Meeres, von einem Moment auf den anderen, schlug das unbestimmte Gefühl, das ich bis dahin für ihn gehabt hatte, in wahre Liebe um.

Beim Essen bin dann *ich* diejenige, die die Zeit im Auge behält.

»Mußt du nicht allmählich gehen?« frage ich nun bestimmt schon zum dritten Mal. Ich finde es merkwürdig, nach acht Uhr abends noch bei Verwandten anzutanzen.

»Wenn ich dir doch sage, es ist okay, dann ist es auch okay!« meint er. Dann lacht er und schiebt das Drehtablett in der Mitte des chinesischen Eßtischs unnötig schwungvoll an, so daß es wild zu rotieren beginnt.

»Komm schon, iß, anstatt dir so viele Sorgen zu machen!«

»Ich kann ja nicht essen, wenn das Ding sich so schnell dreht!«

Beim Anblick der Teller, die vor meinen Augen im Kreis herumwirbeln, als säßen sie auf einem Karussell, muß ich kichern. Ein paar Tische weiter verzieht der Kellner mißbilligend das Gesicht.

»Es ist okay, wirklich. Ich fahr mit dem Auto und übernachte dort. Hab schon angekündigt, daß es wegen der Arbeit später werden würde. Sie sind schwer in Ordnung, ehrlich.«

»Das ist das Tolle an der Ehe, finde ich: Plötzlich kann man mit netten Leuten verwandt sein, die bisher noch Fremde waren!«

»Das meinst du doch wohl ironisch, oder?« fragt er verunsichert.

»Nö, überhaupt nicht, ist mein voller Ernst.« Ich habe das wirklich nicht ironisch gemeint. Das Ganze liegt mir nur so dermaßen fern, daß ich den Punkt nicht finden kann, an dem es mich tangiert.

»Deine Frau ... war sie auch ein netter Mensch?« frage ich. Die Wahrscheinlichkeit, daß sie ihr Bewußtsein jemals wiedererlangen könnte, dürfte mittlerweile gegen Null tendieren. Alles weitere sei Gefühlssache, Dinge, über die man eingehend miteinander sprechen müsse, sagt er.

»Ja, sie war ein netter Mensch. Gut erzogen, pfiffig, rührselig. Außerdem hektisch und eine beschissene Autofahrerin, deshalb hat sie auch den Unfall gebaut. Reicht das? Weißt du jetzt genug über meine Frau?«

»Ja, ja – schon gut!« sage ich. Er haßt dieses Thema regelrecht, und zwar immer – trotz meiner Beteuerungen, daß es mir wirklich nichts ausmache. Ich trinke süßen Likör, der nach Aprikosen schmeckt. Obwohl ich beschwipst bin, werde ich kein bißchen müde, nur seine Gestalt auf der anderen Tischseite tritt mehr und mehr hervor, setzt sich messerscharf ab. Ich kann ihn gut verstehen. Keiner von uns ist aus Holz geschnitzt. Er hat Eltern, und sie hat ebenfalls Eltern, die wahrscheinlich zutiefst verzweifelt sind vor Trauer. Außerdem gibt es sicher eine ganze Menge praktischer Schwierigkeiten, die aus der plötzlichen Verwicklung in dieses Unglück resultieren, Entscheidungen, die getroffen werden wollen – über das Krankenhaus, die Pflege, die Kosten, über Scheidung, den Behördenkram, den Tod, und und und...

Manchmal, da möchte ich ihm einfach kurz entschlossen sagen, daß ich all das weiß. Aussprechen möchte ich das. Wenn ich es sage, das weiß ich genau, dann wird er geschockt sein und über so einiges ins Grübeln kommen.

Hör mal, du denkst doch bestimmt, daß du dich in all diesen Dingen hundertprozentig korrekt verhalten willst. Bis zum bitteren Ende willst du all diesen Leuten eine verläßliche Stütze sein – ohne Unterlaß, unverdrossen, nicht? Aber in Wirklichkeit geht es dir gar nicht um die anderen. Dir selbst könntest du sonst nicht verzeihen. Ja, du bist ein edler Ritter, du wirst diese Rolle, von der du glaubst, sie stünde dir gut zu Gesicht, auf jeden Fall durchziehen, zumal sich die Liebe zu deiner Frau so wunderbar damit kaschieren läßt. Außerdem weißt du auch genau Bescheid über mich, kennst meine Gutmütigkeit und meine Verzweiflung. Du weißt, daß ich dich natürlich beobachte in deiner edlen Rolle und daß ich einerseits denke, es geht mich alles nichts an, daß ich aber andererseits sowieso nicht glauben kann, es ginge mich tatsächlich nichts an. In Wahrheit bist du nämlich ein schrecklich kalter Mensch. Aber trotzdem, ich mag das, sehr sogar, das weißt du doch! Ich liebe dich und deine Art, so sehr, daß ich es kaum aushalten kann... Tja, das heißt wahrscheinlich, daß ich mich jetzt selbst hineinmanövriert habe in die Sache, ich steck schon längst mittendrin, mit Haut und Haaren!

Immer, wirklich jedesmal, wenn meine Gedanken diesen Punkt erreicht haben, schwindet mir der Mut, sie auszusprechen. Deshalb verharren wir schon so lange mucksmäuschenstill in diesem immergleichen Zustand, ohne daß je die Fetzen fliegen. Er und die Verwandten sind füreinander da und beraten Tag und Nacht über Leben oder Tod eines Menschen; ich verbringe meine Tage schweigsam wie die Geliebte nach Maß, und sie – sie liegt weiter in ihrem Schlaf.

Und zwischendurch schwirren mir immer mal wieder die Worte durch den Kopf:

Unsere Liebe ist gar nicht real.

Von Anfang an waren sie da, diese Worte, denen für mich immer schon eine unliebsame Vorahnung anhaftete. Je müder er selbst wird, desto mehr versetzt er mich an einen Platz weit weg von der Wirklichkeit. Er sagt das nicht so direkt, also handelt es sich wohl um einen eher unbewußten Wunsch, aber er will mich möglichst unbeweglich halten, möchte am liebsten, daß ich in meinem Zimmer bleibe und still vor mich hin lebe, und wenn er mich sehen will, trifft er sich mit mir irgendwo in der Stadt wie mit einem Schatten aus einem Traum. Er steckt mich in schöne Kleider, und mein Weinen wie auch mein Lachen soll matt und flüchtig bleiben. – Unsinn, nein, das ist keineswegs allein seine Schuld. Die Finsternis seiner müden Seele spiegelt sich in mir, und da neige ich dazu, diese Rolle zu spielen, ich gefalle mir selbst darin. Zwischen uns beiden liegt eine Art trauriger Einsamkeit, und wir lieben uns, indem wir sie hüten wie unseren Schatz. Deshalb funktioniert es. Jetzt noch.

»Darf ich Madame noch schnell nach Hause fahren?« sagt er, als wir aus dem Restaurant treten, und steuert auf den Parkplatz zu.

»Du weißt gar nicht, wie gern ich das habe, wenn du so mit mir redest: ›Madame‹ und so weiter«, sage ich.

»Na, das kann ich mir vorstellen!« lacht er.

»Nein, wirklich, das macht den feinen Unterschied, kommt gleich ganz anders rüber!« Ich muß selber lachen. »Aber laß nur, es ist noch früh, ich geh zu Fuß. Dabei werd ich wenigstens wieder nüchtern!«

»Wenn du meinst«, sagt er, und es klingt ein bißchen enttäuscht. Im Halbdunkel sieht sein Gesicht ganz ausgemergelt aus. Zwischen den endlosen Reihen dichtgedrängter Autos herrscht eine unheimliche Stille. Der enge Parkplatz kommt mir vor wie das Ende der Welt. Kurz vorm Abschiednehmen überkommt mich immer ein wenig so eine Stimmung.

»Was ist los – du siehst plötzlich unheimlich alt aus«, frotzele ich ihn. Aber er macht ein todernstes Gesicht und sagt, während er ins Auto steigt:

»Ich bin so müde, ich weiß nicht mehr, wo mir der Kopf steht, aber irgendwie... Ich überlaß jetzt alles der Zeit. Das mag hart klingen, aber ich kann momentan einfach keinen klaren Gedanken über die Zukunft fassen.«

Das klingt wie ein Selbstgespräch.

»Ja, ich weiß – kann ich verstehen. Schon gut«, sage ich schnell und schlage die Wagentür zu. Mehr will ich nicht hören. Als ich auf die nächtliche Straße hinaustrete, hupt es; sein Wagen fährt an mir vorbei und verschwindet. Ich lache und winke ihm hinterher, habe dabei aber das Gefühl, mein lachendes Gesicht würde, genau wie das Grinsen der *Edamer Katze* aus *Alice im Wunderland,* losgelöst noch für unbestimmte Zeit durch die Dunkelheit wabern.

Ich liebe es, in beschwipstem Zustand durch nächtliche Straßen zu schlendern, auch ohne meinen Liebsten an der Seite. Mondschein durchflutet die Straßen, endlose Häuserreihen werfen ihre Schatten. Der Hall der eigenen Schritte vermischt sich mit fernem Straßenlärm. In der Stadt ist der Himmel so seltsam hell mitten in der Nacht – das ist zwar irgendwo unheimlich, aber irgendwo auch beruhigend.

Meine Füße trotten lustlos gen Heimat, aber mein Herz sagt mir, daß ich keinesfalls nach Hause will. Genau! Ich habe wohl die Absicht, bei Shiori vorbeizuschauen. In solchen Nächten bin ich immer zu Shiori gegangen. Nicht in ihr Arbeitszimmer, sondern in ihre Privatwohnung. Ob es daran liegt, daß ich beschwipst bin, oder daran, daß ich zuviel geschlafen habe – keine Ahnung, aber ich merke, wie sich die Grenzlinie zwischen Erinnerung und Wirklichkeit mehr und mehr verwischt. Etwas stimmt nicht mit mir in letzter Zeit. Ich kann nicht anders: Ich bilde mir doch tatsächlich immer noch ein, ich bräuchte nur in den Aufzug ihres Apartmenthauses zu steigen, hochzufahren zu ihrer Wohnung – und schon könnte ich sie dort sehen.

Schließlich habe ich Shiori oft nach solchen traurig einsamen, desillusionierenden *dates* noch besucht.

Aber auch, wenn die Verabredung mit ihm anders verlaufen wäre – neutral einsam fühle ich mich bei ihm eigentlich ständig. Warum wohl? – Diese immer irgendwie traurige, mit der Sehnsucht nach dem aus weiter Ferne herabscheinenden und langsam auf den tiefsten Grund der blauen Nacht sinkenden Mond erfüllte und bis in die kleinsten Verästelungen tiefblau durchtränkte Frage läßt mir keine Ruhe.

Wenn ich mit ihm zusammen bin, werde ich zur Frau ohne Mund.

Sooft ich das Shiori auch sagte – sie glaubte mir kein Wort, da sie mich nur als Quatschtante kannte, aber bei ihm sitze ich wirklich immer nur da, höre zu und nicke. Irgendwann damals, als sich sein Sprechrhythmus mit meinem Nickrhythmus gerade in so beachtlichem Einklang einzupendeln begann, daß wir beinahe schon künstlerische Höhen erreichten, war mir die frappierende Ähnlichkeit zu Shioris »Bei-Schlaf« aufgefallen, und ich hatte einmal versucht, ihr das zu sagen. »Warum ist es bloß immer wie im tiefsten Winter, wenn ich mit ihm schlafe...«

»Ah, ich weiß, ich weiß«, hatte sie nur gesagt.

Ich war wütend geworden: »Wieso willst du jetzt schon wissen, was ich meine, du hast mir doch noch gar nicht bis zu Ende zugehört!«

»Na, hör mal, ich bin schließlich Profi!« hatte sie gesagt und die Augen zu noch schmaleren Schlitzen zusammengezogen. »Also: Für solche Menschen ist alles, worüber sie keine klaren, verbindlichen Abmachungen getroffen haben, erst mal gleich Null.«

»Wie... gleich Null?«

»Na ja, er ist eben vollkommen verunsichert. Wenn er zu dir stehen, sich eingestehen würde, daß du zu ihm gehörst, dann wäre das für ihn selbst, für sein eigenes *standing* doch erst mal ziemlich ungünstig, oder? Also bist du für ihn im Moment bis auf weiteres gleich Null – er hält dich in Reserve, hat auf den Pauseknopf gedrückt, dich auf Vorrat gekauft, du bist so was wie ein Rabattmarkenheftchen des Lebens für ihn, klar?«

»Jaaa ... ich glaub, ich verstehe schon, was du meinst, aber ... was heißt ›gleich Null‹? Welchen Platz habe ich denn nun in seinem Herzen?«

»Du? – Ein Plätzchen in der allerfinstersten Ecke natürlich!« hatte Shiori gesagt und gelacht.

Ich will zu Shiori, unbedingt. Also laufe ich ziellos durch die Gegend, gehe Riesenumwege, obwohl ich doch weiß, daß es nie im Leben mehr möglich sein wird, sie zu treffen. Das Laufen gibt mir wenigstens irgendwie das Gefühl, mich ihr nähern zu können. Allmählich begegne ich immer weniger Menschen, die Nacht scheint dichter und dichter zu werden.

Das letztemal, daß ich sie in ihrer Wohnung besucht habe, war ungefähr zwei Wochen vor ihrem Tod und damit im wahrsten Sinne des Wortes das letzte Mal. Irgendwie ging's mir auch damals nicht so gut, und ich tanzte mitten in der Nacht ohne Voranmeldung bei ihr an. Sie war da und machte mir freudestrahlend die Tür auf.

Ich erschrak, als ich eintrat. Mitten im Wohnzimmer hing eine riesige Hängematte.

»Was ist denn das? Benutzt du die als Ablage?« Ich war in der Tür stehengeblieben und zeigte mit dem Finger darauf.

»Na ja ... sieh mal, bei der Arbeit muß ich doch immer in diesem Bett mit den weichen Plumeaus liegen und darf auf keinen Fall ein Auge zumachen«, sagte sie wie immer mit ihrem hohen, weichen, zarten Stimmchen. »Und mittlerweile brauche ich nur ein Bett von außen zu sehen, da bin ich schon hellwach, also hab ich mir gedacht, daß ich vielleicht in so was Instabilem, Unruhigem wie der Hängematte hier richtig schlafen kann...«

Da war was dran – in der Tat, diese Begründung leuchtete sofort ein. Mit dem Gedanken, daß wohl jede Arbeit auf der Welt ihre besonderen Probleme mit sich bringt, trat ich ins Zimmer und setzte mich aufs Sofa.

»Möchtest du einen Tee oder lieber was Alkoholisches?«

Ihre langsamen Bewegungen, das immerwährende Lächeln in ihren Mundwinkeln – wie hatte ich sie vermißt! Alle in meinem Herzen aufgestaute, undefinierbare Müdigkeit schien von mir abzufallen, wie zu der Zeit, als sie noch bei mir wohnte.

»Lieber was Alkoholisches«, sagte ich.

»Na, dann werd ich mal ein Fäßchen Gin aufmachen für meine liebe Terako!« sagte Shiori, füllte Eiswürfel aus dem Gefrierfach in eine Schüssel, schnitt eine Zitrone auf und trug alles zusammen mit einer vollen, noch versiegelten Flasche Gin herüber.

»War doch nicht nötig, extra eine neue Flasche anzubrechen«, sagte ich mit dem Glas in der Hand und bis zur Nase in die Tiefen des Sofas vergraben.

»Macht nichts, ich trink sowieso kaum noch Alkohol«, sagte Shiori und nippte an einem Glas Orangensaft. Im Zimmer war es unheimlich still.

»Es ist still hier, nicht?« sagte ich, ohne auch nur ein bißchen beschwipst zu werden. Ich war vollkommen klar. Ich war nicht mal mehr traurig über irgendwas – ich hatte nichts zu erzählen.

Shiori fragte immer wieder: »Ist irgendwas passiert?«, und ich antwortete jedesmal: »Nee, nichts.« Ihre Art, diese

Frage zu stellen, war so zielstrebig wie ein treuer Hund, der seinem Herrchen hinterherläuft, und meine Antwort kam mir schon im Moment des Aussprechens bleischwer vor.

»Es ist wirklich nichts. Aber was anderes: Machst du eigentlich gar keine Musik mehr an in letzter Zeit, oder den Fernseher?«

In jener Nacht herrschte wirklich absolute Stille in Shioris Wohnung. Mit Ausnahme unserer beiden Stimmen waren sämtliche Geräusche wie ausgelöscht. Ich kam mir vor, als säße ich mitten in der Nacht in einem eingeschneiten Iglu. Und Shioris dünnes, zartes Stimmchen brachte diese Stille noch besser zur Geltung.

»Nö – wieso? Stört dich die Ruhe?« antwortete sie.

»Quatsch, ich komm dich doch nicht besuchen, um mich dann über deine Wohnung zu beschweren!« sagte ich. »Es ist nur... Irgendwie hab ich das Gefühl, es stimmt was nicht mit meinen Ohren.«

»In letzter Zeit hören sich alle Geräusche so schrecklich laut an, weißt du«, sagte Shiori mit leerem Blick. »Aber, sag mal, ist da nicht eher was mit Herrn Iwanaga, das dich bedrückt? Habt ihr euch in die Haare gekriegt wegen seiner Frau? Wir haben schließlich zusammen gewohnt, ich weiß doch, daß es dir nicht sonderlich gut geht.«

»Nö, eigentlich ist alles wie immer. Wirklich, es ist gar nichts, nur... ich bin es nur leid zu...«

Ich war selbst erschrocken über das, was ich sagen wollte. Ich stand im Begriff, etwas ganz Furchtbares zu sagen.

Ich bin es nur leid zu warten.

»Zu was?«

»Zu streiten, ich bin es nur leid zu streiten. Ich hab ihm

ein paar vollkommen haltlose Sachen aufgetischt, und da haben wir uns ein bißchen gestritten, mehr nicht. Es ist alles wie immer. Er redet nach wie vor schrecklich ungern über seine Frau, aber wie's aussieht, kümmert er sich wohl viel um seine Verwandten, was ihm an die Nieren geht. Außerdem scheint er ziemlich oft im Krankenhaus zu sein. Aber sonst ist alles bestens, wirklich.«

»Aha – na hoffentlich!« sagte Shiori und lächelte. »Ich möchte nämlich, daß ihr euch immer vertragt und zusammenbleibt. Ich bin schließlich so was wie die Patentante eurer Liebe!«

»Keine Sorge, alles in Ordnung. Wir machen schon nicht Schluß miteinander«, versicherte ich. Noch während ich das sagte, löste sich meine Stimmung komischerweise in Großmut auf, und ich wurde tatsächlich zuversichtlich. Worüber wir danach noch geredet haben, weiß ich nicht mehr so genau. Es kann nur unwichtiges, albernes Zeug gewesen sein. Gerede über die alten Zeiten, als wir zusammen gewohnt haben, lustige Stories von der Arbeit, Gequatsche über Kosmetik und Fernsehsendungen – all so was eben... Hinter meinem Kopf baumelte die ganze Zeit die Hängematte in der Luft herum. Shioris weißes Hemd, der rote Kessel, in dem das Wasser kochte, der Dampf des heißen grünen Tees, den wir tranken – ich kann mich beim besten Willen an nichts anderes als an diese Nebensächlichkeiten erinnern.

»Tja, dann will ich mal wieder gehen.« Ich stand auf.

»Wir wär's, wenn du hier übernachtest?« fragte Shiori.

Ich zögerte, aber die Vorstellung, daß Shiori in der Hängematte schlief, während ich als Gast ihr Bett okkupierte, war mir doch irgendwie unangenehm, und so entschloß ich mich, nach Hause zu gehen.

Als Shiori mich im Eingang fragte: »Na, geht's dir jetzt besser?« streckte ich zum ersten Mal die Waffen und sagte kleinlaut: »Ja wirklich, irgendwie.«

Shiori sah mich mit ihren schmalen Augen an und frotzelte: »Kleiner ›Bei-Schlaf‹ gefällig, extra für dich...?«

»Nein, danke!« sagte ich lachend und ging.

Als ich die Tür hinter mir zugezogen und zwei, drei Schritte in Richtung Fahrstuhl getan hatte, verspürte ich plötzlich einen überwältigenden Drang umzukehren. Ich wollte unbedingt noch einmal in Shioris Gesicht sehen – aber als ich mich umschaute, wurde mir klar: Shiori war längst auf der anderen Seite der eisernen Tür, zurückgekehrt in ihre Zeitrechnung, und es war ja auch nicht so, daß ich ihr noch irgend etwas hätte sagen wollen – also stieg ich letzten Endes einfach in den Lift...

Als ich schließlich müde werde vom Laufen, bin ich unendlich weit von meiner Wohnung entfernt und muß ein Taxi nehmen. Endlich zu Hause, umhüllt mich auf der Stelle pechschwarze Dunkelheit, ich bin unfähig, noch irgend etwas zu denken und falle in tiefen Schlaf. Als hätte ich meine sämtlichen Schalter auf OFF gestellt. Auf der Welt gibt es nur noch mich und mein Bett...

Das Klingeln des Telefons weckt mich plötzlich auf. Im Zimmer ist es hell, die Sonne scheint zum Fenster herein. Das ist *er*, denke ich und nehme ab, da sagt er, ganz anders als sonst, mit seltsam verstellt klingender Stimme: »Warst du gerade weg?«

»Nö«, sage ich mit einem Blick auf die Uhr: Es ist schon zwei Uhr nachmittags. Mann, allmählich geh ich mir selbst auf die Nerven mit meiner ewigen Pennerei. Wo ich doch spätestens Schlag zwölf gestern nacht im Bett lag und schlief!

»Bist du wirklich die ganze Zeit zu Hause gewesen?« meldet er sich am anderen Ende der Leitung ungläubig zu Wort.

»Ja, ich hab geschlafen.«

»Ich hab ganz oft versucht, dich anzurufen, aber nie bist du rangegangen, und das kam mir seltsam vor.« Er hört sich noch immer verwundert an. Ich bin, gelinde gesagt, entsetzt. Ja, schwinden mir denn jetzt auch noch meine übersinnlichen Kräfte, an die ich so fest geglaubt habe...? frage ich mich. Nun soll ich nicht mal mehr *sein* Telefonklingeln erkennen können? Damit habe ich einfach nicht gerechnet. Das kann nicht sein, das darf nicht sein! Ich bin ratlos, ich weiß vor Ungewißheit nicht mehr ein noch aus.

Betont fröhlich sage ich aber: »Na so was! Du Armer! Ich hab so fest geschlafen, daß ich gar nichts gemerkt habe.«

»Ach so. Ja also – wegen gestern: Wir konnten nicht mal vernünftig reden miteinander, und da dachte ich, wir könnten uns vielleicht morgen oder so wieder treffen?«

Obwohl er sonst mit allem frei herausplatzt, sagt er nie: »Ich will mit dir schlafen«, oder: »Laß uns ein Zimmer nehmen irgendwo.« Auch diesen verschroben vornehmen Zug mag ich irgendwie an ihm.

»Ja, gut.«

Nie würde ich sagen, ich hätte keine Zeit, wenn ich in Wirklichkeit gar nichts vorhabe. So was kommt für mich nicht in Frage. Ich hasse diese billige Taktik – und wenn sie noch so effektiv sein mag. Mein ganzes Repertoire besteht aus *okay* und *all right* – mir paßt es immer. Mit offenen Karten spielen ist der Schlüssel zum Sieg, davon bin ich überzeugt.

»Prima, dann laß ich uns ein Zimmer reservieren«, sagt er und legt auf. Ich bin wieder allein in meinem nachmittäglichen Zimmer. Vom vielen Schlafen ist mir ganz schwindelig.

Wenn ich eins immer schon konnte, dann war es einschlafen, schon als ich noch klein war. Außer der Gabe »Den-Anruf-des-Liebsten-am-Klingeln-erkennen-können« besitze ich nämlich noch einen weiteren Vorzug: »Sofort-einschlafen-können-beim-bloßen-Gedanken-daran«. Meine Mutter half früher zum Spaß abends öfter in einer Snackbar aus, die einer Freundin von ihr gehörte. Mein Vater ist zwar ein ganz normaler Büroangestellter, aber keineswegs engstirnig, und so erlaubte er Mutter den Job nicht nur, sondern war sogar selbst Stammgast in dem Laden. Ich war ein Einzelkind, also kam es oft vor, daß ich abends allein zu Hause blieb. Aber so ein Haus ist viel zu groß für ein Kind allein, und da beschloß ich wohl oder übel zu schlafen. Ich haßte die Gedanken, die mich beschlichen, wenn ich an die dunkle Decke starrte, nachdem das Licht gelöscht war – so furchtbar süß, so furchtbar traurig, so furchtbar einsam. Und ich wollte mich auf keinen Fall mit der Einsamkeit anfreunden. Also machte ich mich lieber ruck, zuck davon in den Schlaf.

Im Erwachsenenalter schob mein Gedächtnis die Erinnerungen daran erst wieder lebhaft in den Vordergrund, als ich auf der Rückfahrt von unserer ersten gemeinsamen Nacht neben ihm im Auto saß. Wir waren am Abend zuvor in die Präfektur Kanagawa gefahren, hatten dort irgendwo übernachtet, den ganzen Tag mit Besichtigungen verbracht und befanden uns nun auf dem Heimweg. Ich war verzweifelt: Aus unerfindlichen Gründen hatte ich furchtbare Angst davor, daß dieser Tag zu Ende gehen könnte. Ich saß im Auto und verfluchte jede grüne Ampel, während ich aufatmete und Freudensprünge hätte machen können, wenn wir an einer roten halten mußten. Mir graute davor, nach Tokyo zurückzukehren, wo jeder von uns wieder seinem Alltag nachgehen würde. Vielleicht beschäftigte mich noch zu sehr, daß wir zum ersten Mal miteinander geschlafen hatten, aber mehr noch als alles andere lag mir wohl die Sache mit seiner Frau auf der Seele. Noch nie im Leben war ich dermaßen mit den Nerven runter. Wenn ich an den Augenblick dachte, da ich die Tür zu meiner Wohnung aufschließen und alleine sein würde, packte mich ein solcher Horror, als wollte mich jemand massakrieren.

Ich begann zu schrumpfen – langsam drohte ich bis auf den Grund der endlosen Lichterlandschaft herabzusinken. Keine Ahnung, warum ich mich dermaßen einsam und traurig fühlte. Er war normal lieb und nett, wie immer, machte sogar Witze, über die ich auch lachen konnte. Aber die Angst ging nicht weg. Gleich würde ich festfrieren.

Trotz alledem und rätselhafterweise, irgendwann – schwups! – war ich plötzlich weggeschlummert. Ich habe wirklich keine Ahnung, wann und wie ich eingeschlafen bin. Das nächste, woran ich mich erinnere, ist, daß er mich einen Augenblick später mit den Worten »Hallo, wir sind da!«

wachrüttelte, wir schon vor meinem Apartmenthaus standen und ich dachte: »Uaah, gottseidank, das war kurz und schmerzlos! Das hat's gebracht...«

Die von mir am meisten gefürchteten, traurigen Minuten waren praktisch im Nu verflogen, und noch nach dem Abschied, der überhaupt nicht schlimm war, als es dann schließlich soweit war, dachte ich gerührt, während ich ihm lachend hinterherwinkte: Der Schlaf ist dein wahrer Freund.

Doch was ist, wenn er dein Leben langsam, aber sicher auffrißt? kommt mir neuerdings in den Sekunden des Aufwachens immer öfter in den Sinn. Das macht mir ein wenig angst. Nicht nur, weil ich jetzt sogar schon *seinen* Anruf verpennt habe – ich schlafe mittlerweile so fest, daß mich beim Aufwachen jedesmal fast der Eindruck beschleicht, ich sei von den Toten auferstanden: Ja, es gibt Zeiten, da denke ich, wenn ich mich von außen beim Schlafen betrachten könnte, würde ich womöglich nur noch ein bleiches Skelett zu Gesicht bekommen. Bisweilen fasziniert mich sogar der Gedanke, daß es vielleicht gut wäre, wenn ich gar nicht mehr aufwachte, wenn ich einfach so zu Staub zerfallen und ein für allemal in die sogenannte Ewigkeit eingehen könnte. Ich bin womöglich vom Schlaf besessen. Genau wie Shiori von ihrer Arbeit besessen war. Und bei diesem Gedanken wird mir angst und bange.

Er verliert zwar kaum ein Wort darüber, wie es in ihm aussieht, aber wenn ich in letzter Zeit mit ihm schlafe, kann ich mir gut vorstellen, wie sehr ihn das alles erschöpft – er ist am Ende seiner Kräfte. Da er praktisch überhaupt nichts

Konkretes über die Situation erzählt, bin ich nicht mal über die rein medizinischen Fakten informiert. Eigentlich kann ich also gar nichts sagen, aber ich vermute, daß die Verwandten seiner Frau sie unter allen Umständen am Leben erhalten möchten; zugleich haben sie ihm sicher, da er sie als »schwer in Ordnung« bezeichnet hat, die Scheidung nahegelegt. Und was ihn selbst betrifft, so nehme ich an, daß er jedesmal innerlich zerrissen ist, wenn er zum Krankenhaus fährt und sie nach wie vor schlafend vorfindet, weil er sich sagt: »Sie lebt noch«, und daß er sich wohl geschworen hat: »Ich verlasse sie nicht eher, bis daß der Tod uns scheidet«, weil er sich in dieser Rolle am ehesten gefällt. Deshalb kann er das mit mir auch keiner Menschenseele sagen. Weil er selber erstens so total erschöpft ist von allem, daß er sich gar nicht vorstellen könnte, sich, selbst für den Fall, alles hätte zu einem Ende gefunden, sofort zu mir zu bekennen, und weil er zweitens, genau wie Shiori gesagt hatte, verunsichert ist, wie lange *ich* das Ganze überhaupt noch mitmache. Aaach, letztendlich wird alles ewig so weiterlaufen wie bisher. Immer im Kreis herum – ein Teufelskreis. Und das einzige, was ich dabei zur Zeit tun kann, ist, den Mund zu halten. Im Augenblick entsetzt mich bloß, wie tonnenschwer er sich anfühlt auf mir. In den anderthalb Jahren, in denen wir zusammen sind, hab ich es einfach nicht geschafft zu verhindern, daß er rasend schnell gealtert ist. Ob es daher rührt, daß ich selbst ebenso erschöpft bin? Ich weiß es nicht, jedenfalls lassen mich diese dumpfen Gedanken nie ganz los während*dessen*, lenken ab, so daß ich es überhaupt nicht genießen kann. Die Dunkelheit des Zimmers scheint unaufhörlich in mein Herz zu sickern. Wie einen phantastischen Traum nehme ich von fern die Lichter der Nacht wahr, die die ganze Zeit jenseits der dünnen Vorhänge glitzern und funkeln. Sooft ich den Kopf zur Seite drehe, fällt mein Blick darauf. Und ich stelle mir den eisigen Wind vor, der da draußen um die Ecken pfeifen muß.

Wir liegen nebeneinander und sind schon fast eingeschlafen, da fragt er mich aus heiterem Himmel:

»Wie viele Jahre lebst du eigentlich schon allein, Terako?«

»Wie? Ich?« Die Frage kommt so plötzlich für mich, daß meine Stimme ganz schrill wird vor Schreck. Der schummrig beleuchtete Boden wirbelt die Frage immer wieder auf und herum und schmeißt für den Augenblick Vergangenheit und Gegenwart und alles in meinem Kopf total durcheinander.

Wie war das, was ist los? Wieso bin ich hier, was hab ich bloß mein Leben lang gemacht bis jetzt?

Im ersten Moment habe ich keinen blassen Schimmer Erinnerung an das, was »vor ihm« war.

»Äh, ja also, hmm, eigentlich erst seit einem Jahr. Davor hab ich die ganze Zeit mit einer Freundin zusammengewohnt.«

»Ach so. Ja, stimmt, früher, wenn ich bei dir angerufen habe, ist öfter mal eine andere Frau rangegangen, das war sie doch, oder? Was ist aus ihr geworden, was macht sie so?«

»Sie hat geheiratet«, lüge ich verrückterweise. »Mich hat sie einfach verlassen und ist ausgezogen.«

»Wie überaus gemein von ihr!« sagt er und lacht. Ich sehe zu, wie seine breite Brust zittert.

»Wenn deine Frau das hier wüßte – wäre sie dann nicht

wütend?« frage ich ihn unvermittelt, einfach so, ohne besondere Absicht. Im ersten Moment erstarren seine Gesichtszüge, aber dann lösen sie sich wieder, und er sagt mit einem Lächeln:

»Nein, sie wäre nicht wütend, bestimmt nicht. Das heißt, wenn du meinst, wie die Dinge wohl lägen, wenn sie bei Bewußtsein wäre – dann sähe die Sache natürlich anders aus, aber dazu fehlen die Voraussetzungen, denn dann wäre es nie so weit gekommen mit uns. – Jedenfalls, wenn sie die Situation kennen würde, in der ich mich befinde, und dich jetzt so sähe, könnte sie gar nicht wütend werden, nie und nimmer, das hätte nicht zu ihr gepaßt.«

»War sie eine gute Frau?«

»Ja. Ich glaub, mit meinen Frauen hab ich wirklich Glück gehabt bisher. Du bist fabelhaft, und sie war auch eine tolle Frau ... Aber sie ist nicht mehr da, nicht mehr in dieser Welt...«

Aus Furcht vor dem, was er da am Schluß mit müder Stimme gesagt hat, bringe ich keinen Ton mehr heraus. Es läßt mir wahrhaftig das Blut in den Adern gefrieren. Ich betrachte ihn: Unter meinen Augen schläft er ein, friedlich hebt und senkt sich sein Brustkorb, ich starre auf seine geschlossenen Lider, und als ich sein gleichmäßiges Atmen höre, meine ich tatsächlich jeden Moment in seinen Traum hineinsehen zu können.

Irgendwo in der Ferne sehe ich ein Bewußtsein einsam und verlassen durch die Nacht irren.

»...wenn sich also das eigene Atmen allmählich an den gleichmäßigen Rhythmus des anderen anpaßt«, hatte Shiori gesagt, »dann atmet man wahrscheinlich die Finsternis seiner Seele mit ein. Du darfst nicht einschlafen, nur nicht einschlafen! sage ich mir die ganze Zeit, und dann habe ich oft im Halbschlaf diese furchtbaren Alpträume.«

Es scheint wirklich so zu sein, wie du gesagt hast, Shiori. Ich glaube, in letzter Zeit verstehe ich dich gut. Wenn man wie ein Schatten neben so einem Menschen schläft, dann zieht man vielleicht ganz unwillkürlich eine exakte Kopie seiner Seele – man atmet ja gleichsam seinen Schatten ein. Und wenn man das mit so vielen Menschen macht wie du, Shiori, wenn man um so viele Träume weiß, dann kann man vielleicht irgendwann plötzlich nicht mehr zurück, dann wird alles viel zu schwer, und es bleibt einem gar kein anderer Ausweg mehr, als zu sterben.

Zum ersten Mal, seit sie tot ist, habe ich klar und deutlich von Shiori geträumt – wahrscheinlich, weil ich an sie gedacht habe, kurz bevor ich wie üblich wie ein Stein in Schlaf gefallen bin. Es war ein lebensechter, realistischer Traum, ein Traum, der wie die Wirklichkeit vor meinen Augen ablief.

Plötzlich schlage ich in meinem Zimmer die Lider auf.

Es ist Abend, und an dem runden Holztisch in der Küche, die sich auf der anderen Seite an das Zimmer anschließt, in dem ich liege, sehe ich Shiori stehen, wie sie gerade Blumen in einer Vase anordnet. Sie trägt den gewohnten pinken Pulli, die khakifarbene Hose und an den Füßen die obligatorischen Schlappen.

Benommen richte ich mich auf und sage verschlafen:

»Shiooorii?«

»Ach, bist du wach geworden?«

Sie wendet mir den Kopf zu, und ihr bis dahin ernstes Profil verwandelt sich in ein volles, warmes Lächeln. Ihre Wangen bekommen Grübchen. Ich lache still mit und sage:

»Also, ich hab gerade von Iwanaga geträumt. Ein ganz realistischer Traum: Wir schlafen zusammen. Wir liegen nebeneinander im Bett und reden von dir, Shiori.«

Ohne mich anzusehen, sagt sie: »Waas? Hör doch auf so abstruses Zeug zu träumen«, und lacht wie ein kleines Mädchen. »Mensch, ich krieg das einfach nicht hin!«

Sie versucht verzweifelt, einen Haufen weißer Tulpen in der Glasvase auf dem Tisch zu arrangieren. Aber die Blumen halten nicht still, lassen die Köpfe nach allen Seiten hängen und sind einfach nicht zu bändigen. Auf dem Tisch liegt immer noch eine beachtliche Menge Tulpen, die sie unterbringen muß.

»Und wenn du die Stiele einfach ganz kurz schneidest?« schlage ich vor.

»Ach, das wäre doch zu grausam, findest du nicht?« antwortet sie. Dann stürzt sie sich wieder in ihr aussichtsloses Unterfangen. Ich kann es nicht länger mit ansehen, stehe auf und gehe auf sie zu. Meine Arme und Beine sind noch ganz schlapp so kurz nach dem Aufstehen, und die Zimmerluft kommt mir kühl vor.

»Laß mich mal«, sage ich und lege die Hände um die Vase, wobei ich leicht Shioris weiße Finger berühre. Aber was ich auch anstelle, die Blumen machen, was sie wollen.

»Hm, wirklich nichts zu machen, sie lassen immer die Köpfe hängen.«

»Hattest du nicht noch eine andere, etwas höhere Vase? So schwarz und größer?«

»Ach so, ja, ich glaube... Moment, Moment, ich weiß!« sage ich. »Sie müßte da ganz oben im Schrank sein, im obersten Fach, bestimmt.«

»Ich hol einen Stuhl.«

Shiori läuft in das Zimmer, in dem ich geschlafen habe, und kommt mit einem Stuhl und einem triumphierenden Lächeln zurück. Ich sage unvermittelt:

»Du hast aber auch immer was zu lachen, Shiori!«

»Ach was, wie kommst du darauf? Das sieht nur so aus, wegen meiner ausgeprägten Schlitzaugen.« Shiori steht auf dem Stuhl, und ich sehe von unten ihre Kehle. »Hier?«

Ich sehe ihre Hand, wie sie den Schrank aufmacht.

»Ja, gleich da, siehst du die längliche Schachtel?« zeige ich.

»Nimm mal!«

Ich mache die längliche Schachtel auf, die sie mir heruntergereicht hat, und nehme die krugförmige, große schwarze Vase heraus. Ich halte sie kurz unter Wasser, trockne sie mit einem Spültuch ab und lasse Wasser hineinlaufen. Mitten in der Nacht hört man es viel kräftiger rauschen.

»Damit müßten wir sie bändigen können.«

Mit einem entschlossenen Seufzer steigt Shiori von dem Stuhl herunter und grinst; ich nicke zufrieden. Im Blumenstecken ist Shiori besser als ich, also reiche ich ihr eine duftende weiße Tulpe nach der anderen an. Und sie steckt sie liebevoll in die Vase...

Schlagartig wache ich auf.

»Hä!?« Nackt, wie ich bin, fahre ich hoch.

Shiori? – Shiori ist nicht da.

Vor einem Moment ist sie doch noch leibhaftig hier gewesen, alles hat so echt gewirkt. Aber der Ort, an dem ich nun plötzlich gelandet bin, ist nicht derselbe wie der, an dem ich eben noch war – neben mir liegt ein Mann und schläft. Es ist dunkle Nacht, das Zimmer liegt versunken im Dämmerschein, die Scheinwerfer der Autos, die unten auf der Straße vorbeifahren, ziehen am Fenster ihre Bahnen ins Leere.

Ich sehe mich eine Weile um und setze dabei rasch wieder zurück in die Wirklichkeit. Mir brummt der Schädel, und alles um mich herum wirkt irgendwie verkehrt, so stark ist noch die Macht des Traums. Wirklich glaubwürdig ist nur das Gefühl, Shiori nach langer Zeit doch noch wiedergesehen zu haben.

Ach so, jetzt weiß ich! Endlich habe ich wirklich das Gefühl, begriffen zu haben, um was es eigentlich geht bei so einem »Bei-Schlaf«: *Ich* wäre im Moment reif dafür. Jemand in so einer Verfassung wie ich derzeit hätte so etwas nötig. Wenn Shiori gerade neben mir geschlafen hätte, dann hätte sie mit Sicherheit denselben überwältigend machtvollen, heißen Traum gehabt wie ich noch vor wenigen Augenblicken. Wie von Zauberhand wird der, der solche Träume mit ansieht, hineingezogen in eine andere Wirklichkeit: lebendige Farben, realistische Perspektiven, Gefühlsübertragung … Irgendwie schockiert starre ich auf die Bettdecke.

»Hey.«

So plötzlich angesprochen, zucke ich zusammen. Als ich mich umdrehe, liegt er mit hellwachen Augen da und sieht mich an. O weh, schon wieder das Ende der Nacht, denke ich sofort.

»Was ist denn mit dir los? Fährst hoch wie von der Tarantel gestochen... Hast du schlecht geträumt?«

»Nö, im Gegenteil: Es war ein schöner Traum«, sage ich. »Wunderschön sogar! Ich war so glücklich, daß ich gar nicht aufwachen wollte. Hierhin zurückkehren zu müssen, ist schon fast Betrug, eine Unverschämtheit!«

»Sie ist wohl noch nicht richtig wach«, murmelt er wie zu sich selbst und nimmt meine Hand. Im selben Moment merke ich, wie mir heiße Tränen die Wangen hinunterlaufen. Als sie auf das Laken tropfen, erschrickt er, zieht mich entschlossen unter die Decke zurück und beginnt – obwohl er doch jetzt gar nichts dafür kann – verzweifelt auf mich einzureden:

»Ich weiß, ich weiß, du kannst nicht mehr. Weißt du was? Diese Woche können wir uns zwar nicht mehr sehen, aber was hältst du davon, wenn wir nächste Woche mal so richtig schön essen gehen? Oder – das große Feuerwerk am Fluß, ist das nicht auch nächste Woche? Laß uns da hingehen, ja?« Seine Brust fühlt sich heiß an an meinem Ohr, und ich kann sein Herz schlagen hören.

»Da ist es ja wohl immer voll...«, sage ich und muß lachen. Trotz der Tränen, die mir nach wie vor über die Wangen kullern, geht es mir schon wieder besser.

»Ganz hinunter bis ans Ufer werden wir wohl nicht kommen, aber auch von weiter weg sieht man noch relativ viel. – Genau: Wir gehen gegrillten Aal essen!«

»Au ja, das machen wir!«

»Weißt du einen guten Laden?«

»Hmm... Wie wär's mit dem größeren Restaurant da direkt an der Hauptstraße?«

»Ach nein, die bieten außer Aal noch alles mögliche an, Tempura und so, das kann nicht gut sein. War da in der Gegend nicht noch ein Laden, in einem der Nebengäßchen?«

»Ach ja, ich glaub, ich weiß, wo du meinst: so ein kleines Restaurant irgendwo hinter dem Tempel. Laß uns einfach hingehen, wir werden's schon finden.«

»Ein Aal muß frisch sein, das ist das A und O, am besten direkt aus dem Wasser auf den Grill und sofort auf den Tisch.«

»Der Reis muß unbedingt bißfest sein dazu – ja, und natürlich die Soße, damit steht und fällt alles, das heißt, wenn man den gegrillten Aal auf Reis bestellt.«

»Ja, genau. Bah, zum Kotzen, wenn der Reis so matschig wird! – Als Kind, da war Aal das absolute Festessen für mich...«

Und so reden wir noch endlos über Aal, bis die Pausen zwischen den Wörtern größer werden und uns schließlich fast gleichzeitig die Augen zufallen. Ich sinke in einen friedlichen Schlaf, tief und fest und wohlig warm, aus dem mich kein Traum mehr reißen kann.

Der Ort, an dem seine Frau ist – wie tief auf dem Grunde der Nacht mag das wohl sein?

Und wie weit mag es von dort aus noch bis zu dem Ort sein, wo Shiori sich jetzt befindet? Ob auch meine Seele manchmal im Schlaf dort umherwandelt, in dieser Nachtessenz aus hochprozentiger Finsternis?

Das sind meine Gedanken, kurz bevor ich wach werde. Als nächstes fällt mir das Fenster mit einem Himmel voll düsterer Wolken ins Auge, dann drehe ich den Kopf zur

Seite und sehe, daß er schon weg ist. Ein Blick auf die Uhr versetzt mir einen Schock: Es ist bereits ein Uhr nachmittags. Oweiowei! Ich bin so erschrocken, daß ich sofort aufspringe. Auf dem Nachttischchen liegt ein Brief.

Du bist mir eine! Keine Arbeit, aber gut schlafen, das kannst Du, und wie!
Schlafende Frauen scheinen mein Schicksal zu sein.
Du schläfst so tief und fest, daß ich Dich einfach nicht wachbekomme. Laß es nur gemütlich angehen, das Zimmer hab ich bis zwei Uhr nachbezahlt.
Ich muß gehen, die Arbeit ruft. Ich melde mich.

Ein schöner Brief, jedes einzelne Zeichen ist gestochen scharf geschrieben, wie von einem Kalligraphen. Daß er so schreiben kann – ich starre noch lange auf den Brief, wie auf eine Fata Morgana, die seine Konturen deutlicher zu erkennen gibt, als der Mann selbst, mit dem ich letzte Nacht noch geschlafen habe.

Ich habe nur ein T-Shirt an und friere am ganzen Leib, obwohl es Sommer ist. Silbern glänzende Wolken liegen über der Stadt, die sich weit vor mir erstreckt. Ich blicke auf die Autoschlangen hinunter und ziehe mich an, ohne daß die Benommenheit nur einen Deut aus meinem Kopf weichen will. Ich wasche mir das Gesicht, putze mir die Zähne, werde aber auch davon kein bißchen wacher, sondern fühle nur, wie meine Seele langsam volläuft mit aufsteigender Müdigkeit.

Ich gehe in den Teeraum und versuche, zu Mittag zu essen, aber meine armen Glieder scheinen schwerelos in der

Luft zu schweben, mein Mund, mein Magen und meine Seele sind in alle Himmelsrichtungen verstreut. In der trüben Sonne, die ihre dünnen Strahlen durchs Fenster hereinfallen läßt, versuche ich nachzurechnen, wie lange ich geschlafen habe, wobei mir mehrfach fast die Augen zufallen. Egal, wie ich auch rechne, ich komme immer auf eine Schlafzeit von rund 10 Stunden netto. Aber warum werde ich dann nicht allmählich wach? Wie müde ich sonst auch bin, wenn ich zu lange geschlafen habe – spätestens nach einer halben Stunde beginne ich doch für gewöhnlich, wieder klarer zu werden ..., überlege ich, aber sogar die Gedanken scheinen nicht zu mir zu gehören.

Ich wanke zu einem Taxi und lasse mich nach Hause fahren. In meiner Wohnung angekommen, beginne ich Wäsche zu waschen und lehne mich zwischendurch nur einmal kurz im Sessel an – schon bin ich wieder eingenickt.

Hat doch alles keinen Zweck, Mensch.

Als ich es merke, sinkt mein Kopf gerade tiefer und tiefer in die Polster. Ich schrecke auf und blättere in einer Zeitschrift, bis mir auffällt, daß ich immer wieder denselben Satz lese. Das ist ja genau wie früher in der Schule, wenn man im Nachmittagsunterricht mit schweren Lidern über dem Schulbuch eingenickt ist, denke ich noch – und schon fallen mir die Augen wieder zu. Ich habe den Eindruck, der bewölkte Himmel wälzt sich von draußen ins Zimmer herein und umnebelt mein Hirn. Die Waschmaschine dreht ihre Runden, aber auch dieser Lärm macht keine Anstalten, bei mir als Wecker zu fungieren. Mittlerweile ist mir schon alles egal: Träge streife ich Rock und Bluse ab, lasse alles zu Boden gleiten und schleppe mich ins Bett. Das Plumeau ist angenehm kühl, weich sinke ich in die Kissen aus süßem Schlaf.

Daß es angefangen hat zu klingeln, ist mir schon aufgefallen, bevor ich mein eigenes gleichmäßiges Atmen wahrnehme. Ich weiß auch ganz genau, daß es natürlich ein Anruf von ihm ist. Das Telefon läutet beharrlich, wie um mir die unerschütterliche Liebe dieses Mannes zu bedeuten, aber ich bekomme meine Augen einfach nicht auf. Wie ein Fluch, der auf mir liegt, denke ich. Meine Seele ist ganz klar, aber aufstehen kann ich beim besten Willen nicht.

Ob *sie* einen Fluch...?

Einen Augenblick lang blitzt dieser verrückte Gedanke auf, verschwindet aber gleich wieder. Seine Frau ist nicht der Mensch, der so etwas tun würde, das weiß ich aus seinen Äußerungen. Sie ist ein sehr netter, guter Mensch. Weil ich so müde bin, kommen und gehen meine Gedanken, als hätten sie sich im Dunkeln verlaufen.

Der Feind, das bin ich selbst. Bestimmt.

Zu dieser Erkenntnis komme ich gerade noch, bevor mir mein Bewußtsein mehr und mehr entgleitet. Langsam legt der Schlaf mir seine seidenen Bandagen an und schnürt mir die Lebensgeister ab. Blackout.

Noch unzählige Male höre ich im Schlaf sein Klingeln.

Als ich das nächste Mal aufwache, liegt das Zimmer versunken im Dämmerlicht. Ich hebe meine Hand und beim Anblick ihrer verschwommenen, dunklen Umrisse denke ich apathisch: »Es ist schon Abend.«

Die Waschmaschine läuft natürlich längst nicht mehr, im Zimmer ist es ganz still. Ich habe Kopfschmerzen, alle Knochen tun mir weh, und die Glieder sind steif. Die Uhr zeigt fünf. Ich habe wahnsinnigen Hunger, und mir fallen die Apfelsinen ein, die im Kühlschrank liegen – ja richtig, ich müßte doch auch noch einen Becher Flan haben. Ich stehe also auf und ziehe mir die auf dem Boden verstreuten Kleider an.

Es ist ganz, ganz still. Eine Stille, als wäre ich die einzige Überlebende auf der ganzen weiten Welt. Als ich mit einem irgendwie seltsamen, nicht näher zu beschreibenden Gefühl das Licht im Zimmer anmache und aus dem Fenster sehe – als ich sehe, wie der Zeitungsjunge die Zeitungen in die Briefkästen steckt, als ich in den Häusern ringsherum kein einziges Licht entdecken kann und gen Osten in einen orange gefärbten Himmel blicke, weiß ich Bescheid und sage zu mir selbst:

»Fünf Uhr *morgens* ist es.« Meine Stimme hört sich belegt an. Aus dem tiefsten Innern steigt Angst in mir auf. Wie oft haben die Zeiger der Uhr denn bloß ihre Runden gedreht? Welcher Tag welchen Monats ist heute? Wie im Traum verlasse ich meine Wohnung, gehe die Treppe hinunter, ziehe die Zeitung aus dem Briefkasten und schlage sie auf. Alles in Ordnung, ich habe bloß eine einzige Nacht verschlafen, denke ich erleichtert. Nichtsdestotrotz muß ich eine ungewöhnlich lange Zeit durchgeschlafen haben, das steht fest. Ebenso klar ist, daß mein gesamter Organismus aus dem Rhythmus gekommen ist. Mir ist schwindelig. Das Blau der Morgendämmerung erobert die Straßen, das Licht der Laternen verblaßt. Ich bekomme richtig Angst, in meine Wohnung zurückzukehren, solche Angst, daß ich nicht mehr ein noch aus weiß. Ich würde nur wieder einschlafen, mit Sicherheit – total frustriert bin ich schon drauf und dran, vollends zu resignieren und einfach weiterzuschlafen. Ich bin wirklich soweit, daß ich keinen Ausweg mehr sehe.

Und so laufe ich auf die Straße hinaus.

Der Himmel ist noch dunkel, doch in die angenehm kühle Luft mischt sich langsam immer mehr von dem stickigen Geruch des Sommers. Auf den Straßen laufen bloß Jogger, Spätheimkehrer, Hundehalter und Alte herum. Verglichen mit diesen Leuten, die alle ein Ziel zu haben scheinen, muß ich, die ich verwirrt mit nichts als meinen Kleidern auf dem Leib durch die Straßen irre, wohl wirken wie ein im Morgengrauen umherwandelndes Gespenst.

Ich weiß nicht, wohin, also schlendere ich eben langsam in Richtung Spielplatz. In diesem wirklich winzigen, zwischen den Wohnblocks direkt hinter meinem Apartmenthaus eingeklemmten Park sind Shiori und ich oft gewesen, um uns nach durchgemachten Nächten die Füße zu vertreten. Eine Bank, ein Sandkasten und eine Schaukel – das ist alles. Ich setze mich auf die verwitterte Holzbank und vergrabe meinen Kopf in die Arme wie ein Arbeitsloser. Mein Magen knurrt wie verrückt, ich habe keine Ahnung, wie es weitergehen soll. Was ist bloß aus mir geworden, denke ich. Es kommt mir vor, als sei ich an einem Punkt angelangt, an dem ich nicht mehr in der Lage bin, über mich zu verfügen. Ich bin nur noch müde, so müde, daß ich nicht einmal mehr denken kann.

Nebel steigt auf. Das bunte Tierornament im Sandkasten sieht aus, als würde es qualmen. Der Duft feuchten Grüns, der Geruch nach Erde erfüllen den Platz. Den Kopf immer noch in den Armen vergraben, kämpfe ich mit meinen Lidern, die zuzufallen drohen, während mir das Muster meines Rocks dunkel vor den Augen tanzt.

»Ist Ihnen nicht gut?« höre ich eine weibliche Stimme sagen. Ich schäme mich so, daß ich tatsächlich einen Augenblick lang daran denke, so zu tun, als ob mir schlecht wäre, lasse es aber sein, da das alles nur noch komplizierter machen könnte, wenn es hart auf hart käme, und blicke auf. Neben mir sitzt ein Mädchen in Jeans, ungefähr in dem Alter einer Oberschülerin, und sieht mich prüfend an. Sie macht sehr große, kristallklare, wunderliche Augen, die unheimlich weit in die Ferne zu blicken scheinen.

»Nein, nein, alles in Ordnung, ich war nur ein bißchen müde«, sage ich.

»Sie sind aber ziemlich blaß«, sagt sie besorgt.

»Alles in Ordnung, wirklich. Vielen Dank.« Ich lächele, und sie lächelt zurück. Der Wind fährt sachte durch das Grün, und ein frischer Duft streicht vorüber. Sie bleibt reglos neben mir sitzen. Da sie keinerlei Anstalten macht aufzustehen, lasse auch ich die Gelegenheit dazu verstreichen und blicke weiter vor mich hin. Eine merkwürdige Aura geht von ihr aus: Irgendwie läßt sie sich nicht mit der Umgebung in Einklang bringen, so als gehörte sie nicht hierher. Sie ist ein sehr schönes Mädchen, die langen Haare fallen ihr locker über die Schultern. Und doch macht sie einen irgendwie unnormalen Eindruck. Sie ist vielleicht nicht ganz richtig im Kopf…, denke ich. Zugleich aber werde ich, einfach dadurch, daß ich mit einem anderen Menschen zusammen bin, langsam lockerer.

Ich denke daran, wie oft ich so mit Shiori hier gesessen

und die Schaukel angeschaut habe. Frühmorgens, nachdem wir die ganze Nacht Videos geguckt hatten und dann vor lauter Aufregung nicht einschlafen konnten, hatten wir uns im 24-Stunden-Laden heißen Tee und gefüllte Reisklöße geholt und hier auf der Bank verspeist. Ich haßte die Dinger mit Thunfisch-Mayonnaise-Füllung, aber Shiori aß sie für ihr Leben gern.

»Geh zum Bahnhof, jetzt sofort!« sagt sie plötzlich. Ich zucke zusammen. War wohl wieder drauf und dran gewesen einzuschlafen. Ich wende mich zu ihr um und blicke in ihre strenge Miene. Zusammengezogene Augenbrauen verfinstern ihr Gesicht, und ihre Stimme hört sich ganz anders an als eben, entschieden tiefer.

»Wie...? Zum Bahnhof?« Ich weiß nicht, wie ich reagieren soll. Sie *ist* schräg, denke ich, und mir wird ein wenig mulmig. Sie erhebt sich, baut sich vor mir auf und starrt mir direkt ins Gesicht. Sie macht wirklich wunderliche Augen. Obwohl auf mich geheftet, scheint ihr Blick ein Ziel irgendwo in weiter Ferne anzupeilen. Von diesen Augen ins Visier genommen, verschlägt es mir die Sprache. Sie spricht weiter:

»Und dann kaufst du dir die neueste Ausgabe von *Job News*. Und darin suchst du dir irgendein Jobangebot aus, egal was, und wenn's nur für ein paar Tage ist. Irgendwas, als Model oder Aushilfe bei irgendeiner Firmenvorführung. Büroarbeit kommt nicht in Frage, dabei schläfst du nur wieder ein. Es muß ein Job sein, bei dem du deine Arme und Beine bewegen mußt. So, und das machst du jetzt. Ich kann's einfach nicht mehr mit ansehen! Wenn du so weitermachst, gibt's bald kein Zurück mehr, fürchte ich, und das meine ich ganz ernst!«

Dazu fällt mir nichts ein, ich kann nur schweigend zuhören. Obwohl sie eindeutig jünger ist als ich, wirkt sie irgendwie schrecklich viel älter. Auch was sie sagt, trifft mich seltsamerweise mitten ins Herz, und ich fühle mich unbehaglich. Sie spricht sehr ernst, aber nicht ärgerlich. Hm, wie soll ich sagen – sie redet auf mich ein, irgendwie verzweifelt und ungeduldig.

»...Wieso?« murmele ich.

»Wiedersehen werden wir uns sicher nie mehr. Wir haben uns auch jetzt wahrscheinlich nur treffen können, weil du dich gerade an einem Ort aufhältst, der gar nicht so weit weg ist von mir«, sagt sie. »Es geht mir überhaupt nicht darum, dir nun unbedingt einen Job aufs Auge drücken zu wollen. Viel wichtiger ist, daß deine Seele bis aufs äußerste erschöpft ist. Das betrifft nicht nur dich allein, vielen Menschen geht es so. Nur – bei dir habe ich das Gefühl, daß du wegen *mir* so erschöpft bist... Es sieht jedenfalls ganz so aus... entschuldige bitte. Ach, verzeih, weißt du überhaupt, wer ich bin?« fragt sie auf einmal, während sie mir direkt in die Augen sieht.

»Du bist...«, entfährt es mir, und meine Stimme schwillt seltsam laut dabei an. Ich reiße die Augen auf. Vor mir ist keine Menschenseele, es ziehen nur kalte Nebelschwaden vorüber, die den Spielplatz einhüllen und mein Blickfeld verschwimmen lassen.

Ist alles nur ein Traum gewesen?

Benommen und mit einem irgendwie unbefriedigten Gefühl stehe ich auf und wanke vom Spielplatz. Einen Moment lang überlege ich allen Ernstes, ob ich tatsächlich zum Bahnhof gehen soll, aber so eine treudoofe Seele bin ich nun doch wieder nicht, nur ziemlich abgedreht. Und selbst wenn es bloß ein Traum gewesen sein sollte, ich kann absolut nichts anfangen mit mir, wenn ich so etwas träume. Was ist bloß los? überlege ich noch den ganzen Weg nach Hause, wo ich mich wieder schlafen lege. Es ist zum Verzweifeln!

Das Erwachen ist fürchterlich.

Ich bin ausgehungert, sämtliche Knochen tun mir weh, und meine Kehle ist wie ausgedörrt – ich komme mir vor wie eine Mumie. Mein Kopf ist zwar klar, aber körperlich fühle ich mich so schlapp, daß ich nicht aufstehen kann. Außerdem regnet es auch noch.

Obwohl es zwölf Uhr mittags ist, liegt das Zimmer in schummrig trübem Licht, das Rauschen des Regens schwillt an und ab. Ich habe nicht mal Lust, Musik zu hören, sondern bleibe einfach liegen, höre dem Regen zu und denke an Shiori in ihrem lautlosen Zimmer. Shiori, die in flauschig weichen Kuschelkissen keine Ruhe mehr fand und sich von der schaukelnden Hängematte in den Schlaf wiegen ließ.

Gerade, als mich eine schier unerträgliche Traurigkeit überfällt, klingelt das Telefon. *Er* ist es nicht, das weiß ich, aber da ich nun ausnahmsweise mal wach bin, gehe ich ran.

Es meldet sich eine Bekannte aus Unizeiten mit einem Jobangebot für mich: Ihre Firma veranstalte nächste Woche eine Vorführung, und sie rufe an, um mich zu fragen, ob ich nicht mithelfen wolle, nur für eine Woche. Anrufe dieser Art trudeln ständig bei mir ein, von allen möglichen Leuten.

Die Ablehnung liegt mir schon auf der Zunge. Aber rätselhafterweise sage ich diesmal: »Ja, okay!« Vielleicht weil mich das Zusammentreffen von zwei Zufällen eingeschüchtert hat. Noch im selben Moment, als mir das Okay über die Lippen geht, befällt mich heftige Reue, aber da ist es schon zu spät. Meine Bekannte freut sich und fängt an, mir hastig Treffpunkt und Arbeitsinhalte zu beschreiben. Ich füge mich in mein Schicksal und schreibe mit.

An meiner Müdigkeit ändert sich nichts.

Die einfachste Sache der Welt: morgens früh aufstehen, anziehen, das Haus verlassen – mir aber, die ich die ganze Zeit zu Hause gesessen und auf einen Anruf von ihm gewartet habe, fällt das total schwer. Läppische drei Tage Schulung und drei Tage Vorführdienst – für mich ist es die reinste Hölle. Was ich auch zu tun habe, ich bin immer nur müde, die ganze Zeit, so müde, daß ich laufend wegzutreten drohe, egal, ob man mich unter gleichaltrige Frauen steckt, ob ich mir tausend Sachen gleichzeitig merken muß, ob ich meine Texte auswendig zu lernen oder Tätigkeiten im Stehen zu verrichten habe – der schlimmste Alptraum hätte nicht *heavier* sein können. Ich habe nicht mal Zeit, über irgend etwas nachzudenken. Meine Reue, den Job angenommen zu haben, kennt keine Grenzen.

Auf der anderen Seite wird mir während dieser kurzen sechs Tage ganz plötzlich bewußt, wie stark so manches in mir irgendwann degeneriert sein muß. Ich habe es schon immer wie die Pest gehaßt zu arbeiten, und an der Haltung, daß mir so ein Job grundsätzlich egal ist, hat sich nicht die Bohne geändert – darum geht es nicht, nein ... es geht um so was wie Rückgrat, darum, daß man jederzeit die nächste Sache in Angriff nehmen kann, um so was wie Hoffnung,

Wünsche und Erwartungen… ach, ich finde nicht die passenden Worte dafür. Aber das, was ich irgendwann aufgegeben haben muß, ohne es selbst zu bemerken, das, was auch Shiori aufgegeben hatte, muß dieses gewisse Etwas gewesen sein. Mit einem Quentchen Glück hätte Shiori vielleicht auch so noch lange weiterleben können, aber sie war zu schwach, um dem auf Dauer standhalten zu können. Dafür war der Strudel viel zu stark, der sie mit Haut und Haaren in die Tiefe riß.

Ich bin zwar weit davon entfernt, die Zukunft nun in irgendeiner Weise rosiger zu sehen. Aber mich zu zwingen, um sieben Uhr morgens mit Mühe und Not aufzustehen, überstürzt das Haus zu verlassen und meine müde Seele und meinen müden Körper den ganzen Tag zu schinden, besitzt gegenüber der Qual, den Tag zu Hause zu verpennen, wenigstens den Vorzug der unmittelbaren Lebendigkeit. Ich bin so übermüdet, daß mein Mundwerk schon nicht mehr funktioniert und ich es höchstens ein von drei Malen tatsächlich schaffe, ans Telefon zu gehen, wenn er anruft, und auch das nur mit hängender Zunge, so daß ich eigentlich schon gar keine Lust mehr habe. Den Gedanken, wahrscheinlich wieder in die Rolle der schlafenden Schönheit zurückzufallen, sobald die sechs Tage um sind, fürchte ich wie den Schwarzen Tod, also zwinge ich mich, nur ja nicht daran zu denken. Es gibt sogar Stunden, da denke ich nicht mal an *ihn*. Unglaublich, aber wahr. Und allmählich merke ich, wie sich diese merkwürdige, wild wütende Müdigkeit langsam, wirklich gaaanz langsam, aus meinem Körper zurückzieht. Meine Füße sind zum Platzen geschwollen, meine Wohnung verdreckt immer mehr, und ich habe schwarze Ringe unter den Augen. Die Arbeit ist ohne Sinn und Zweck für mich, nicht mal das Geld hab ich nötig, sie ist einfach nur verdammt hart.

Das einzige, was mich trotzdem noch mit knapper Not aufrechterhält, ist jener seltsame Traum, den ich im Morgengrauen auf dem Spielplatz hatte. Jedesmal, wenn morgens um sieben der Wecker und die Stereoanlage gleichzeitig loslegen und ich denke, o nein, muß das sein, ich bin todmüde, laßt mich doch alle in Ruhe…, kommt mir jene Morgendämmerung in den Sinn, und ich kann nicht mehr zurück, denn sonst hätte ich irgendwie das Gefühl, *sie* zu hintergehen. Blutiger Anfänger und ohne jede Ausdauer, wie ich bin, wäre es mir bestimmt leichtgefallen, alles hinzuschmeißen. Aber diese Augen… diese Augen, die randvoll mit Traurigkeit in weite Ferne blickten, gehen mir einfach nicht mehr aus dem Sinn.

Genau, auch *ihm* bin ich während eines Aushilfsjobs zum ersten Mal begegnet.

Es handelte sich um ein großes Designerbüro oder so was, das in einem gigantischen Hochhaus ein unübersehbar riesiges Stockwerk für sich allein beanspruchte, plus allen möglichen Unterabteilungen, aber ich wußte eigentlich nie so genau, was diese Firma in Wirklichkeit machte, jedenfalls nahm ich Telefongespräche entgegen, tippte in die Tasten des Schreibcomputers, gab Daten ein, kopierte, machte Botengänge und so weiter. Ich glaub, es gab mindestens noch zehn andere Leute, die einen ähnlichen Job hatten.

Ich war nur für drei Monate als Vertretung meines Vetters da, der zu einem Gastfamilienaufenthalt in den USA war, und setzte alles daran, mich nach Möglichkeit blöd anzustellen. Ich will damit gar nicht andeuten, daß ich in Wirklichkeit der absolute Überflieger wäre, aber ich wußte, daß man nur den Schaden hat, wenn man bei solchen Jobs allzu eifrig ist, denn dann bekommt man bloß schnell immer mehr Arbeit aufgebrummt, also hielt ich mich tunlichst zurück. Es gibt nichts Unnützeres als einen einfachen, öden, kleinen Job, der in Streß ausartet. Also fuhr ich meinen Trafo auf ungefähr ein Drittel des normalen Energie-Outputs herunter und arbeitete träge vor mich hin. Dadurch erledigte ich Arbeiten nicht termingerecht, machte Fehler, übersah ganze Zeilen bei der Dateneingabe, faxte leere Blätter und so weiter und so fort. Ich machte das nicht extra, aber nachdem solche Sachen ungefähr alle drei Tage einmal vorgekommen waren, vertraute mir niemand mehr kniffligere Arbeiten an – und schon war der Job auf wundersame Weise richtig gemütlich geworden.

Es geschah an einem Sonntag. Die Firma war geschlossen, niemand arbeitete, aber ich ging alleine ins Büro, um einem Fehler nachzugehen, der mir am Vortag unterlaufen sein mußte. Während ich so dasaß in dem großen, stillen Büroraum und in aller Ruhe Daten eingab, beschlich mich plötzlich eine vage Unruhe.

Ich hatte das ungute Gefühl, ich könnte während der letzten zwei Monate, in denen ich immer so getan hatte, als sei ich leicht beschränkt, tatsächlich blöd geworden und vielleicht gar nicht mehr in der Lage sein, schneller zu arbeiten als in diesem Tempo. Diese Sorge erwies sich als nicht allzu begründet, aber damals, als sie mir in den Sinn kam, schien sie doch ziemlich real. Und während ich auf den grünen Bildschirm starrte, wurde sie größer und größer. Plötzlich wallte der Gedanke in mir auf, ich könnte mir womöglich die ganze Zeit bloß vorgemacht haben, meine wahren Qualitäten zu verbergen, und wäre in Wirklichkeit absolut nicht fähig, Büroarbeit zu leisten. Quatsch, wo gibt's denn so was, sagte ich mir und wollte es wissen. Klar, daß ich der Versuchung, es mir zu beweisen, unmöglich widerstehen konnte. Ich sah mich um: Außer mir schien niemand da zu sein. Na dann los! – Wenn ich an damals zurückdenke ... Meine Güte, bin ich jung gewesen! Mit enormem Eifer begann ich, die Daten, die vor mir lagen, einzugeben. Jetzt, wo mich einmal die Lust gepackt hatte, arbeiteten meine beiden Hände so schnell und gewissenhaft wie schon lange nicht mehr, und ich war rundum zufrieden. Die Korrekturen waren im Handumdrehen erledigt, und ich bekam Lust auf mehr: Ein Liedchen auf den Lippen, begann ich den Computer zu bearbeiten, um die unerledigten Schreibarbeiten fertigzumachen, die sich bei mir stapelten. Es war, als hätte man jemandem, dem man lange Zeit die rechte Hand festgebunden hatte, plötzlich wieder beide Hände freigegeben. Als nachher alles ausgedruckt vor mir lag, kriegte ich mich nicht mehr ein vor Freude über das schöne Schriftbild – der ganze angestaute Streß des unfreiwilligen Linkshänderdaseins mußte sich wohl gewissermaßen einen Weg nach draußen bahnen. Auch das Kopieren ging schnell, wenn man es ernsthaft machte – kurzum, ich geriet in einen solchen Arbeitsrausch, daß ich gleich noch verschiedene Sachen für andere Leute miterledigte.

Nach zwei Stunden war ich mit allem fertig. Haah, seufzte ich und erhob mich vom Schreibtisch: Da plötzlich fiel mein Blick auf *ihn*, der ganz still an einem Schreibtisch in der hintersten Ecke des verlassenen hellen Großraumbüros saß. Vor Schreck zuckte ich zusammen. Ich hatte ihn absolut nicht bemerkt. Er war zwar nicht mein direkter Vorgesetzter, aber er gehörte zu einer Abteilung, in die ich öfter aushilfsweise geschickt wurde – er wußte also genaustens Bescheid über meine bisherige Arbeitsweise, bei der ich mich nicht gerade durch Fleiß ausgezeichnet hatte. Verdammt, dachte ich. Er grinste über beide Ohren, als ob er sich die ganze Zeit diebisch auf den Moment gefreut hätte, in dem ich ihn endlich bemerken würde.

»Waren Sie die ganze Zeit hier?« fragte ich.

»... Keine Sorge. Nichts liegt mir ferner, als zu sagen: ›Sehen Sie, Sie können es doch, wenn Sie nur wollen!‹« Mehr konnte er nicht sagen – er brach in schallendes Gelächter aus.

Dann sind wir einen Tee trinken gegangen. In einem kleinen Café direkt gegenüber dem Bürogebäude. Es war bereits Abend geworden, und außer uns saßen noch eine ganze Reihe von Pärchen da, die den Sonntag genossen und vertraut miteinander flüsterten.

»Sie haben sich ja eben fast selbst überholt, so schnell waren Sie. Warum arbeiten Sie nicht immer so?« fragte er.

Auf der Suche nach möglichen Verteidigungsstrategien dachte ich mir verschiedene Antworten aus, brachte aber am Ende nur »Weil es ein Aushilfsjob ist« heraus.

»Ah, hab schon verstanden«, sagte er und schmunzelte wieder eine Weile vor sich hin. Ich wunderte mich immer wieder über den reinen Klang seiner Stimme, wenn er flüsterte, und über sein ausgesprochen vollendetes Benehmen. Bis zu diesem Zeitpunkt hatte ich ihn mir noch nie so richtig angesehen. Aber jetzt bemerkte ich auch den Ring an seiner rechten Hand. Ich ging nicht darauf ein, sondern trank weiter meinen Tee, aber in Wahrheit war ich ganz schön enttäuscht darüber, daß er verheiratet war.

Einmal, als er beim Beine Übereinanderschlagen an eine Untertasse gestoßen war, die über den Tischrand ragte, war ihm das mehr als peinlich, und er entschuldigte sich tausendmal: »Bitte, verzeihen Sie, wirklich, verzeihen Sie!«

Ich bin sehr empfänglich für derartige Zeichen von Wohlerzogenheit. So was läßt mich richtig schwach werden. Ich meine dann immer, solche Menschen könnten anderen nichts wirklich Schlimmes antun. Drastisch ausgedrückt: Solche Menschen sehen am ehesten so aus, als würden sie sich Leute suchen, die schlimme Sachen machen dürfen.

Obwohl wir kaum miteinander redeten, war die Stimmung zwischen uns eher gelöst als angespannt. Im Profil machte sein Gesicht einen sehr anständigen, merkwürdigen Eindruck. Manchmal fing er an, mir irgendwas über irgendwelche Sachen zu erzählen. Ich nickte und hörte zu. Und während ich nickte, spürte ich intuitiv, daß dieser Mensch mir sehr viel Zeit meines Lebens nehmen würde. Vielleicht, weil sich alles wie morgens anfühlte, obwohl es längst Abend geworden war. Die ganze Situation – zu zweit um einen Tisch, irgendwie noch schläfrig, mundfaul – hatte etwas Morgendliches. So und ähnlich stellte ich mir noch allerhand zärtliche Dinge vor, die von nun an zwischen uns passieren könnten, aber merkwürdigerweise fielen diese Phantasiebilder alle winterlich aus. Ich sah nur Zimmer mit weiß beschlagenen Fensterscheiben, uns beide beim Spazierengehen in dicken Wintermänteln, Bäume mit kahlen Ästen. Ziemlich herzzerreißend alles.

Die Woche ist mir zwar wie die Ewigkeit vorgekommen, aber auch sie ist irgendwie vorübergegangen. Als ich nach dem letzten Tag nach Hause komme, reiße ich mir erst mal die Kleider vom Leibe, schmeiße die Lohntüte auf den Boden und lache mir ins Fäustchen. Genau in diesem Moment klingelt das Telefon.

»Hallo, ich bin's, Iwanaga«, sagt er. Wie habe ich seine Stimme vermißt!

»Endlich! Kommt mir vor wie eine Ewigkeit, seit wir miteinander gesprochen haben.«

»Hast du geschlafen?«

»Von wegen: Ich grinse gerade meine Lohntüte an. Mensch, bin ich kaputt!«

»Wie bitte? Soll das heißen, daß du gearbeitet hast? Du bist mir eine!«

»Och, ich hab damit nur ein bißchen die Zeit totgeschlagen«, sage ich, sammle die Kleider auf, die überall verstreut im Zimmer herumliegen, räume sie weg und denke: Diese Nacht schlaf ich mich erst mal aus. Mein Kopf ist hellwach, mein Körper vollkommen k.o. Und wenn ich bis übermorgen schlafe – diesmal wär's mir total egal.

»Du hörst dich gut an irgendwie. Wie damals, als wir uns kennenlernten«, sagt er, und es klingt froh. Meine Laune scheint ihn angesteckt zu haben.

»Apropos kennenlernen, da fällt mir ein«, sage ich, während ich mir den schon blättrigen Nagellack von den Fingernägeln rubbele, »du müßtest deine Frau doch eigentlich kennengelernt haben, als sie noch Oberschülerin war, oder? Und zu der Zeit hatte sie doch bestimmt lange Haare?«

»Was ist denn mit dir los? Hast du bei dem Job auch noch übersinnliche Fähigkeiten entwickelt? Stimmt jedenfalls, was du sagst: Sie war achtzehn damals«, bestätigt er verwundert.

»Hab ich mir doch gedacht!« sage ich, und plötzlich füllen sich meine Augen mit Tränen. Tränen, die ich mir selbst nicht erklären kann.

»Aber was anderes...«, beginnt er, und während ich seiner Stimme lausche, die mir den Treffpunkt für unser Feuerwerk-plus-Aalessen-Projekt durchgibt, verschwimmt mir in der heißen Flut meine Hand auf dem Notizzettel und überhaupt das ganze Zimmer vor den Augen, und alles glitzert gebrochen hell.

Die superbreite große Straße, die zum Flußufer führt, ist längst für den Verkehr gesperrt. Die Menschenmassen, die sich flußwärts zum Feuerwerk bewegen, beanspruchen die gesamte Straßenbreite. Die Leute tragen Yukatas, haben die Kinder huckepack genommen und strömen alle mit gelegentlichen Blicken hinauf zum Himmel lachend und lärmend in dieselbe Richtung, genau wie beim Gion-Fest in Kyoto. Bei solchen Szenen war ich noch nie live dabei, und ich spüre, wie meine Gefühle sich überstürzen. Die Gesichter der Leute, voll freudiger Erwartung, wann denn nun das erste Feuerwerk am Himmel explodieren und herunterregnen würde, sehen unglaublich fröhlich aus.

»Tja, zum Fluß werden wir wohl nicht kommen, wie's

aussieht. Guck mal, alles total zu und voll überall!« sagt er hörbar enttäuscht, und ich schaue von der Seite zu ihm auf: Schweißperlen rinnen ihm die Schläfen hinunter.

»Ist doch egal, ein bißchen können wir auch von hier aus sehen, oder?« sage ich.

»Vielleicht auch nicht, wenn wir keinen erhöhten Platz finden.«

»Auch egal, solange wir nur das Knallen und Zischen hören können.«

Ich stelle mich auf die Zehenspitzen: Weiter vorne hat sich eine Menschenschlange gebildet, die sich über die Brücke zieht; die Böschungen zu beiden Seiten des Flusses sind schwarz von Menschen. Tiefes Indigoblau senkt sich langsam auf den Horizont, der Abendhimmel bekommt unendliche Weiten. Unten in der Dunkelheit stehen Polizisten auf ihren Posten, und die Leute trotten weiter, als hingen sie an einem Seil, an dem irgendwo vorne jemand zieht; wir aber bleiben einfach stehen, kurz bevor die Menschenschlange beginnt.

Wichtig ist nicht das Feuerwerk, wichtig ist, daß wir beide hier, in dieser Nacht, zusammen sind und zusammen in den Himmel blicken. Daß wir Arm in Arm dastehen und beim ersten lauten Knall des Feuerwerks mit allen anderen Leuten um uns herum die Köpfe in die gleiche Richtung heben würden. Angesteckt von der allgemeinen Aufregung um mich herum pocht mir das Herz bis zum Hals. Ich sehe ihn von der Seite an: Er scheint sich nun wirklich in den Kopf gesetzt zu haben, das Feuerwerk zu sehen, und sein erwartungsvolles, ungeduldiges Gesicht sieht plötzlich wieder viel jünger aus.

Ich glaube, das gesunde Gefühl ist mit einemmal wieder eingekehrt in mein Herz. Die beste Freundin verloren, vom Alltag zermürbt – auch wenn es sich bei dem, was ich erlebt habe, vielleicht bloß um kleinere Turbulenzen des Seelenlebens handelt, um eine nette kleine Geschichte vom Wiedererwachen aus tiefem Schlaf: Ich muß doch sagen, alles in allem ist der Mensch ziemlich hart im Nehmen. Ich kann mich zwar nicht entsinnen, ob ich Ähnliches nicht schon früher besessen habe, aber als ich so alleine mit der Finsternis in mir konfrontiert war, als ich tief verletzt war, innerlich zerrissen und zu Tode erschöpft schien, da war sie plötzlich da, wer weiß woher: diese ungeheure Stärke.

Ich habe mich nicht verändert, und an der Situation zwischen uns hat sich ebenfalls nicht das mindeste geändert, aber ich glaube, ich möchte für immer bei ihm bleiben, trotz all der kleinen Turbulenzen, die da noch kommen mögen. Das Schlimmste haben wir jetzt überstanden, denke ich, fürs erste jedenfalls. Ich kann zwar nicht mal genau sagen, was das war, »das Schlimmste«, aber zumindest habe ich das Gefühl, daß es vorbei ist. Und deshalb könnte ich mir mittlerweile sogar vorstellen, mich in jemand anderen zu verlieben.

Aber ich glaube nicht. Ich möchte mich wieder so richtig toll und lebendig verlieben in den großen Mann, der gerade jetzt neben mir steht. In den Mann, den ich liebe, sehr sogar. Ich will alles festhalten, und sei's nur mit diesen dünnen Ärmchen, mit diesem schwachen Herzen. Ich bin fest entschlossen, mich irgendwie allem, was von jetzt an noch an Schrecklichem auf uns zukommen wird, und mag es noch so viel sein, mit allem, was mein schwacher Körper aufzubieten hat, entgegenzustemmen.

Uaah, irgendwie, als hätte ich gerade eben erst die Augen aufgemacht, sieht plötzlich alles so klar und schön aus, daß ich fast erschrocken bin. Wirklich, wunderschön. Die vielen Leute, die durch die Nacht wandern, die vielen Lampions, die entlang der Arkaden leuchten, er, wie er so dasteht im angenehm kühlen Wind und geradewegs in den Himmel blickt, die Stirn vor Ungeduld und Spannung in Falten gelegt.

Mit diesen Gedanken fühle ich plötzlich Tränen in mir aufsteigen, weil alles so perfekt ist, mehr als perfekt. Wohin ich meine Blicke auch schweifen lasse in dieser Szenerie, nichts als wunderbare Dinge um uns herum – ach, ich bin froh, gerade jetzt und hier aufgewacht zu sein. Die große Straße, auf der sich sonst die Autos stauen, hat sich nur für diese eine Nacht in einen riesigen Rummelplatz verwandelt, und wir stehen mittendrin, warten auf das Feuerwerk, werden gegrillten Aal essen und miteinander schlafen können. – Ich bin einfach überglücklich, daß ich diese Nacht mit klarem Kopf und hellwachen Augen erleben kann.

Wie ein Gebet erfüllt mich dieses Gefühl:

Lieber Gott, mach, daß jeder Schlaf auf dieser Welt gleichermaßen friedvoll und erholsam sein möge!

Endlich ertönt ein lauter Knall wie Donnergrollen am Himmel. Die Hälfte einer Feuerwerksrosette lugt flüchtig zwischen den Silhouetten der riesigen Hochhäuser hervor und erhellt für einen Augenblick den Himmel wie ein buntes Wasserzeichen.

»Da, hast du gesehen?! Ich hab's gesehen, ganz kurz nur!«

Er sagt das mit Rücksicht auf mich, weil er denkt, ich sei zu klein, dabei rüttelt *er* ausgelassen wie ein kleiner Junge an meiner Schulter herum.

»Keine Bange, ich hab's ja auch gesehen, es sah irgendwie süß aus, so klein. Wie ein Spitzendeckchen!« sage ich. Der kleine Lichterstrauß, der sich da plötzlich am klaren Nachthimmel aufgetan hat, ist so weit weg gewesen, daß man ihn beinahe nicht als Feuerwerk erkannt hätte.

»Ja, wirklich, wie die Miniaturausgabe eines Feuerwerks!« antwortet er, ohne den Blick vom Himmel abzuwenden.

Eine Feuerwerksrakete nach der anderen wird abgeschossen, bewundernde Freudenschreie wallen auf und ebben ab, der donnernde Knall folgt Sekundenbruchteile später wie ein Echo. Die Menschen strömen nach wie vor lärmend zum Fluß und bahnen sich ihren Weg an uns vorbei, das Gewusel wird immer größer um uns herum, aber wir halten eisern die Stellung und sehen zum Nachthimmel auf. Wir haben seltsamen Gefallen gefunden an diesen kleinen Lichterblumen, die von Zeit zu Zeit zwischen den Silhouetten der Hochhäuser herausschauen, und halten uns fest in den Armen. So bleiben wir noch eine Ewigkeit dort stehen und warten mit klopfenden Herzen auf das nächste Feuerwerk.

Wanderer der Nacht

My Dear, Sarah
It was spring when I went to see my brother off. When we arrived at the airport his girlfriends who were dressed in beautiful colors waited for him.
Oh, I was sorry, in these days he had many lady loves.
The sky was fair...

Voll Wehmut hielt ich beim Aufräumen inne, als mir aus den Tiefen der Schublade der alte Zettel mit dem Entwurf für den Brief in die Hände fiel. Wieder und wieder las ich die englischen Worte, als hätten sie mir etwas zu erzählen.

Es war ein Brief an Sarah, eine Austauschstudentin aus Amerika. Mein Bruder Yoshihiro, der vor einem Jahr gestorben ist, war in seiner Oberschulzeit mit ihr zusammengewesen. Kaum war Sarah nach Boston zurückgekehrt, hatte Yoshihiro ständig davon geredet, auch mal im Ausland leben zu wollen, und war ihr kurze Zeit später aus einer Laune heraus gefolgt. Fast ein ganzes Jahr war er drüben geblieben, hatte gejobbt oder einfach nur rumgehangen ...

Während ich las, erinnerte ich mich Stück für Stück wieder an damals. Der Brief war meine Antwort auf einen Brief von Sarah, in dem sie mir berichtete, was Yoshihiro in letzter Zeit so gemacht hatte. Sie war besorgt, weil er ganz plötzlich verschwunden war und kaum von sich hören ließ. Ich, ein Oberschulmädchen, das sich damals die heutige Situation nicht im Traum hätte vorstellen können, hatte dann diesen Brief an das sanfte und schöne *American girl* geschrieben, mit klopfendem Herzen und dem Finger im Wörterbuch. Ja, Sarah – ein richtig süßes Mädchen mit klugen blauen Augen war sie. Alles Japanische machte ihr Spaß, und immer lief sie hinter meinem Bruder her. »Yoshiheero« hier, »Yoshiheero« da. Ihre Stimme floß geradezu über vor Liebe, wenn sie seinen Namen rief.

Sarah.

Plötzlich hatte Yoshihiro die Tür zu meinem Zimmer aufgerissen. »Hier, kannst sie ruhig fragen, wenn du was nicht weißt in Englisch.« Mit dieser feinfühligen Vorstellung hatte er mich zum ersten Mal mit ihr zusammengebracht. Das war, als Sarah mit meinem Bruder auf ein Sommerfest in einem Schrein in der Nachbarschaft gegangen und auf dem Heimweg noch bei uns vorbeigekommen war. Ich saß damals gerade am Schreibtisch und brütete über den Hausaufgaben, die wir für den Sommer aufbekommen hatten. Weil Sarah sich extra angeboten hatte, beschloß ich, mir den Englischaufsatz von ihr schreiben zu lassen. Da sie sehr hilfsbereit schien, hätte ich mich unwohl gefühlt abzulehnen. Obwohl ich ungelogen einzig in Englisch schon immer Spitze war.

»Also, ich laß dir Sarah, aber nur für eine Stunde, dann bringe ich sie nach Hause«, sprach mein Bruder und verschwand ins Wohnzimmer, um fernzusehen.

»Tut mir leid, wenn ich euer *date* störe«, hatte ich mich

in holprigem Englisch entschuldigt. – »Ach was, ist schon okay, mit so einem Aufsatz bin ich in fünf Minuten fertig. Dann hast du doch mehr Zeit, um die anderen Fächer abzuhaken.« So etwas in der Art hatte sie gesagt, in ihrem fließenden Englisch, mit zauberhafter Stimme und wallendem blonden Haar, und gelächelt hatte sie. – »Äh, also der Titel des Aufsatzes heißt: ›Mein Tagesablauf.‹ Es würde schon reichen, wenn du mir alles in ganz einfachen Worten schreiben könntest. Mach die Sätze aber nicht so kompliziert, sonst kommt raus, daß ich es nicht selbst geschrieben habe. Etwa so wie dieser Beispieltext hier, das wäre schon okay«, hatte ich, so gut es eben ging, erklärt.

»Also los: Wann stehst du morgens auf, Shibæmi? Frühstückst du japanisch? Oder ißt du Brot? Und was machst du nachmittags?«

Solche Fragen stellte sie mir, und in Null Komma nichts hatte sie den Aufsatz fertig. Als mir beim Anblick des Manuskriptpapiers rausrutschte: »Oh, in so einer schönen Schrift kann ich das aber nicht abgeben, das muß ich noch mal mit meiner Klaue schreiben!«, hatte Sarah laut gelacht.

So wurden wir allmählich immer lockerer und unterhielten uns über Gott und die Welt. Es war ein angenehm luftiger Abend, die Glöckchenzikaden zirpten. Die Ellbogen auf das niedrige Eßtischchen gestützt, das ich ihr in mein Zimmer gestellt hatte, hatte Sarah meinen Aufsatz geschrieben. Mit einem Schlag war aus meinem Zimmer eine seltsame, wie in leuchtende Farben getauchte Welt geworden. Gold und Blau. Weiße, fast durchscheinende Haut. Ihr markantes Kinn, wenn sie mir direkt in die Augen sah und nickte.

Wie die schwarzen Schiffe!*, dachte ich. Es war das erste Mal, daß ich mit jemandem aus dem Ausland so nah zusammensaß und redete. Ganz plötzlich, wie aus heiterem Himmel, war sie da, mitten in meinem Zimmer. Der Wind trug die traditionelle Musik vom Sommerfest herüber. Der Himmel war schwarz, und am fernen Firmament stand ein voller Mond. Durchs weit geöffnete Fenster wehte ab und zu ein Lüftchen herein.

»Gefällt es dir in Japan?«

»Ja, sehr. Ich habe hier schon viele Freunde gefunden. An der Uni. Und dann noch die Freunde von Yoshiheero. Ich glaube, dieses Jahr wird mir unvergeßlich bleiben.«

»Was gefällt dir eigentlich an meinem Bruder?«

»Yoshiheero ist ein richtiges Energiebündel, unweigerlich zieht er alle Blicke auf sich. Aber es wäre zu einfach, das nur als energiegeladen zu bezeichnen. Ich habe ein aus seinem Innern hervorsprudelndes, unerschöpfliches Etwas gespürt, eine starke geistige Energie. Allein dadurch, daß wir zusammensind, kann auch ich mich im Nu verändern – so ein Gefühl habe ich bei ihm. Ein Gefühl, als könnte ich auf eine völlig natürliche Weise an einen Ort weit in der Ferne gelangen.«

»Was studierst du eigentlich, Sarah? Gehst du bald zurück an die Uni in Boston?«

»Ich studiere Japanologie. Und in einem Jahr fahre ich wieder nach Hause zurück ... Die Trennung von Yoshi-

* Gänzlich unerwartet waren die schwarzen Schiffe des amerikanischen Kommandanten Perry 1853 in die Bucht von Edo, dem heutigen Tokyo, eingedrungen. Nach rund 200 Jahren der Abschottung Japans, in denen einzig eine kleine holländische Handelsstation das Tor zur Außenwelt darstellte, forderte Perry die Öffnung der Häfen für den Außenhandel. (A. d. Ü.)

heero, das wird zwar traurig werden, aber meine Eltern lieben Japan und kommen oft hierher, und auch Yoshiheero hat gesagt, er möchte mal nach Amerika kommen. Also werden wir uns bestimmt treffen können. Im Moment bin ich voll damit beschäftigt, Japanisch zu lernen. Aber das Studieren ist für mich eher eine Art Hobby, weißt du? Ich werde es wohl nie ganz aufgeben, aber eigentlich möchte ich eine gute Mutter werden, so wie meine Mutter. In diesem Sinne interessiere ich mich sehr für die japanischen Frauen. Ich selbst kann mich in vielen Dingen viel eher mit den *Japanese girls* identifizieren als mit amerikanischen Mädchen. Denn für typisch amerikanisch halte ich mich nicht. Später werde ich bestimmt einen Geschäftsmann heiraten, ja, einen im *international business,* so wie mein Vater. Und dann möchte ich eine fröhliche, ordentliche Familie gründen.«

»Yoshihiro … es besteht zwar die Möglichkeit, daß er etwas Internationales wird, aber ob er sich zum Geschäftsmann eignet?«

»Hahaha, da hast du recht, sie würden ihn gleich feuern. Er führt sich ja ziemlich egozentrisch auf, nicht wahr?«

»Na ja, schließlich ist er noch Oberschüler, vielleicht ändert er sich noch. Es wäre doch schön, wenn er sich mal für so eine Arbeit interessieren würde, oder? Vielleicht kannst du ihn ja dazu bringen?«

Ganz kindlich sagte ich Dinge, die ferner lagen als ein Traum. Aber auch Sarah verhielt sich wie ein Kind, als ob sie all dies träumte, in aller Seelenruhe, unangefochten von der Wirklichkeit. Ihr kerzengerader Rücken, ohne Angst vor der Zukunft. Sarah lachte leise und sprach wie im Traum. Sie hatte furchtlose Augen, die, gerade frisch verliebt, allein Yoshihiro sahen. Augen, die noch glaubten, daß alle Träume in Erfüllung gehen, daß sich die Wirklichkeit bewegt, wenn man sie anstößt.

»Ja, es wäre toll, wenn es Yoshiheero wäre. Dann hätte ich eine Familie in Japan und eine in Boston und könnte immer hin- und herfahren. Das wär überhaupt oberklasse, nicht? Ich mag Japan sehr, und wenn Yoshiheero Boston gefallen würde, hätten wir jeder zwei Länder, das könnte ich mir gut vorstellen. Und dann Kinder, die zweisprachig aufwachsen...! Und Reisen mit der ganzen Familie. Zu schön, um wahr zu sein, nicht...?«

Das mit Sarah war schon ziemlich lange her. Ohne auch nur im geringsten an sie zu denken, ohne zu wissen, was sie jetzt wo machte und wie es ihr überhaupt ging, fiel mir an diesem ganz normalen Tag unvermutet der Brief an sie in die Hände. Ein zusammengeknülltes Blatt Papier, das aus der hintersten Ecke des Schreibtischs, aus der tiefsten Finsternis der Schublade zum Vorschein kam. Was ist das wohl? Mit diesem Gedanken hatte ich es herausgefischt, und indem ich das Blatt auseinanderfaltete, schien sich mit dem Rascheln des Papiers ein langjähriger Bann langsam in Luft aufzulösen. Damit fing vermutlich alles an.

Liebste Sarah,

es war Frühling, als ich zum Flughafen fuhr, um meinen Bruder zu verabschieden.

Als wir ankamen, warteten Yoshihiro und seine Freundinnen – oh, entschuldige, er hatte damals viele Freundinnen –, herausgeputzt wie bunte Blumen, schon auf uns. Der Himmel war ganz blau, und an-

gesteckt von der Superlaune meines Bruders, der sich auf die Reise freute, waren wir alle ausgelassen. Es war richtig fröhlich. Alle beglückwünschten ihn zu Eurer Liebe. Merkwürdig ist es schon, aber mein Bruder hat das Talent, jeden sofort von allem, was er tut, zu überzeugen. Aber das weißt Du ja selbst.
Es war gerade Kirschblütenzeit, und ich erinnere mich, wie überall Blütenblätter zu Boden fielen, die zu leuchten schienen.
Yoshihiro läßt selten von sich hören, aber das heißt wohl, daß es ihm ganz gut geht. Laß es Dir selbst auch gut gehen. Und komm doch mal wieder nach Japan! Ich freue mich schon darauf, Dich wiederzusehen!

Shibami

Als ich noch klein war, bin ich mal abends mit meinem Bruder und unserer Cousine Mariё einen Weg entlangspaziert. Die Verwandtschaft hatte sich zu einer buddhistischen Totenmesse oder so versammelt. Gelangweilt waren wir drei ausgerückt und wanderten ziellos durch die Gegend.

Wir liefen die Uferböschung nah beim Elternhaus meines Vaters entlang, weit entfernt versank das gegenüberliegende Flußufer in der Abenddämmerung. Schon bald würden sich die Lichter des Ortes im Fluß spiegeln. Man konnte richtig zuschauen, wie ganz langsam die durchscheinende, in Indigoblau getauchte Luft aufstieg. Der Himmel schimmerte noch hell, alles war nur noch schwer voneinander zu unterscheiden – und es war wunderschön.

Ich erinnere mich nicht mehr genau, worüber wir zuvor

gesprochen hatten, aber Yoshihiro sagte zu mir: »Um es mal auf den Punkt zu bringen: Du bist einfach noch viel zu naiv.«

Ich hatte behauptet, daß ich später mit Sicherheit Unternehmerin werden oder in eine reiche Familie einheiraten würde. Denn zweifelsohne könnte auch ich, hätte ich nur genügend Geld, genauso elegant wirken wie unsere Tante Reiko, die eine gute Partie gemacht hatte und nun mit einem Unternehmer verheiratet war. Sie war wunderschön in ihrer Trauerkleidung, und ihre echte Perlenkette war herrlich. Yoshihiro redete weiter:

»Du wirst deine Naivität in diesem unsinnigen Leben allmählich verlieren, das ist sicher, und dann werden dir schöne Kleider und Perlen nicht mehr so herrlich vorkommen wie jetzt. Das Problem liegt gerade im Verlust dieser kindlichen Unschuld. Man darf niemals auf der Stelle treten. Man muß seinen Blick immer in die Ferne richten im Leben, immer!«

»Willst du denn weg von zu Hause!?« fragte ich.

»Mensch, du Nervensäge, es geht nicht darum, sich körperlich zu entfernen, als ob du das nicht längst kapiert hättest! Und außerdem leben wir noch zu Hause, weil wir Kinder sind. Aber schon bald können wir gehen, wohin wir wollen.« Yoshihiro lachte.

In diesem Moment sagte Mariё verträumt: »Ich möchte doch lieber einen reichen Mann.«

»Ihr hört einem aber auch überhaupt nicht zu!« maulte Yoshihiro.

»Ich verstehe schon ungefähr, was du meinst, aber ich, ich möchte tatsächlich eine gute Partie machen. Denn ich habe viele Freunde, von denen ich mich nicht gerne trennen möchte, und dieses Hin- und Herziehen mag ich nicht...«

Damals kam mir Marië, die drei Jahre älter war als ich, bereits ziemlich erwachsen vor. Immer schon konnte sie das, was sie dachte, auf Anhieb in die richtigen Worte packen.

»Ich möchte die ›Große Liebe‹ erleben.«

»Und was soll das sein?« fragte mein Bruder.

»Na ja, im großen und ganzen gar nicht so ein anderes Leben führen als im Moment, nur eben noch die ›Große Liebe‹ dazu. Sich nach ihr zurücksehnen, wenn sie schon längst in die Brüche gegangen ist. Und hängenden Kopfes einen anderen heiraten. Denn eine ›Große Liebe‹, die muß einfach unglücklich enden.«

»Ich verstehe dich«, sagte ich.

»Verrückte Weiber!« meinte Yoshihiro.

Marië lächelte. »Werd du lieber schnell richtig reich. Dann lande ich bei dir, wenn meine ›Große Liebe‹ vorbei ist. Das wäre praktisch und, weil wir uns gut kennen, eine ganz sichere Angelegenheit.«

Mein Bruder war wohl schon damals beliebt bei den Frauen. Obwohl von seiner älteren und schönen Cousine dermaßen geneckt, konterte er, ohne auch nur eine Miene zu verziehen oder rot zu werden: »So denkst du dir das also! Na gut – abgemacht!« sagte er. »Und wie sich unsere Eltern freuen werden!«

»Ach, wär das schön, wenn wir zusammen wohnen könnten, Marië!« meinte ich. Marië lächelte und nickte.

»Ich frag mich, was da noch so alles auf uns zukommt«, sagte Yoshihiro wie zu sich selbst. Heute kommt mir das eigenartig vor. Wie konnte Yoshihiro das Leben bereits in so jungen Jahren irgendwie begriffen haben? Wieso schien er zu wissen, wie das geht, Pläne zu schmieden, nicht auf der Stelle zu treten, immer weiter vorwärts zu gehen?

Die ganze Zeit liefen wir am Fluß entlang. Ich empfand alles als still und friedlich, obwohl das Wasser recht laut toste. Da wir drei deshalb aber ziemlich laut sprachen, klang jedes unserer harmlosen Worte seltsam bedeutungsschwanger.

Ich denke oft an jene Nacht, sehe genau vor mir, wie der Fluß immer weiter fließt, in die Ferne.

Ein Jahr ist es jetzt schon her, daß Yoshihiro tot ist.

Diesen Winter haben wir wirklich viel Schnee. Vielleicht bin ich deswegen schon tagelang abends nicht rausgegangen. Ich bin zwar an der Uni, habe aber beschlossen, ein Semester zu wiederholen, und muß deswegen keine Nachprüfungen machen. Obwohl ich mich also eigentlich in der glücklichen Lage befinde, Zeit zu haben, habe ich ohne besonderen Grund alle Einladungen zum Skifahren und eine Reise in ein Onsen* abgesagt. Vielleicht, weil ich das Gefühl genieße, eingeschneit zu sein. Das gewohnte Stadtbild hat sich mit dem Make-up aus Schnee in eine Science-fiction-Szenerie verwandelt, einfach toll. Die weiß gepuderte Stadt scheint in einer Zeitverwehung zu stecken, die alles zu einem kompletten Stillstand gebracht hat.

* Typisch japanische Kurorte mit heißen Quellen, meist idyllisch am Meer oder in den Bergen gelegen, die jedermann gern für ein paar Tage zur Erholung aufsucht. Je öfter man in eine heiße Quelle steigt, desto zarter und schöner wird die Haut, sagt man. (A. d. Ü.)

Auch in jener Nacht schneite es. Draußen fielen die Flokken immer dichter, und der Schnee wurde höher und höher. Meine Eltern schliefen schon, die Katze ebenfalls, nichts rührte sich mehr im Haus. In der ungewöhnlichen Stille drang mir nur schwach das Summen des Kühlschranks aus der fernen Küche und das Brummen der Autos ans Ohr, die tief in der Nacht auf der großen Straße vorbeifuhren.

Ich war gerade ganz in ein Buch versunken. Daher hatte ich das Klopfen eine Weile überhaupt nicht bemerkt. Als ich schließlich hochschreckte, sah ich am Fenster eine kalkweiße Hand, die leise rhythmisch an die Scheibe pochte. Unheimlich vibrierte der ganze Raum in dieser Szene, die an eine Geistergeschichte erinnerte. Weil ich mich so furchtbar erschrocken hatte, konnte ich nur stumm aufs Fenster starren.

»Shibaaami!« drang es gedämpft durch die Scheibe, zusammen mit einem mir nur zu gut bekannten Kichern: Marië! Ich stand auf und ging ans Fenster. Als ich es öffnete und hinaussah, blickte eine weiß verschneite Marië zu mir hoch und lachte.

»Mensch, hast du mich erschreckt!« Ich meinte zu träumen. Daß da plötzlich Marië stand, konnte ich kaum glauben. Bis vor etwa drei Monaten hatte sie bei uns gewohnt.

»Du wirst dich gleich noch mehr erschrecken«, sagte sie und deutete nach unten. Als ich in der Finsternis meinen Blick im Schein des Fensters auf ihre Füße richtete, schrie ich auf – Marië hatte keine Schuhe an! Und die ganze Zeit wehte mit dem Wind Schnee ins Zimmer.

»Komm rein«, sagte ich, »komm rum zur Haustür.« Sie nickte und stapfte in Richtung Garten davon.

Durch und durch naß stand Mariё dann im Eingang, mit eiskalten Händen. »Sag mal, was ist denn los?« fragte ich sie, während ich ihr ein Handtuch gab und die Heizung hochstellte.

»Ach, eigentlich nichts«, meinte sie mit knallroten Wangen und ohne ein Wort darüber zu verlieren, ob ihr kalt oder warm war. Dann zog sie ihre nassen Strümpfe aus, setzte sich hin und hielt die nackten Füße an den Ofen. Die Katze, die sehr an Mariё hing, schlüpfte durch den Türspalt herein und strich an ihr vorbei. Mariё wohnt bei ihren Eltern und darf nicht weg, ohne sich abzumelden. Wahrscheinlich hatte sie in dieser Nacht, als sie vom Fenster aus dem Schnee zusah, einfach Lust bekommen, nach draußen zu gehen. Und um ihren Eltern nicht Bescheid sagen zu müssen, war sie wohl ohne Schuhe aus dem Fenster gestiegen. Ein Glück, daß auch ihr Zimmer im Erdgeschoß liegt... Das alles ging mir durch den Kopf, während ich zusah, wie Mariё die Katze streichelte. Dann stand sie auf.

»Trinkst du einen Kaffee mit?« fragte sie mich. Als ich nickte, öffnete sie die Tür und huschte hinaus in die Küche. Die Katze blieb an Mariës Platz zurück und rollte sich zusammen. Plötzlich erschien es mir immer zweifelhafter, daß Mariё gerade eben noch hier gewesen sein sollte. Ja, so war das auch schon gewesen, als sie noch bei uns wohnte. Mit einer Natürlichkeit, die auch Katzen eigen ist, streifte sie leichtfüßig durchs Haus, und wenn man sie in Ruhe ließ, sagte sie die ganze Zeit kein Wort, träumte vor sich hin oder schlief. Mariё warf keinen Schatten. So als ob sie gar nicht da wäre.

Früher war sie ganz anders.

Montags englische Konversation, dienstags Schwimmen, mittwochs Teezeremonie, donnerstags Ikebana... – das war Mariës Leben gewesen. Immer hatte sie etwas zu tun gehabt; sie war der Typ, dem einfach alles gelang. Die Marië von damals – schon allein mit ihrer Anwesenheit hatte sich etwas Strahlendes ausgebreitet. Eine ausgesprochene Schönheit ist sie sicher nicht, aber mit ihren langen Beinen sieht sie ziemlich gut aus. Ihre Züge sind unglaublich zart und fein, und ihr Gesicht vermittelt den Eindruck von Reinheit. Aber daß sie heute einfach nur unglaublich still wirkt, liegt bestimmt nicht an dem vergessenen Mascara, Rouge oder an ihren fünfundzwanzig Jahren.

Marië hat alle Reaktionen auf die Außenwelt auf *off* gestellt, das steht fest. Sie nimmt eine Auszeit, weil ihr das Leben nur noch wie eine Last vorkommt.

»Bitte sehr, mit Milch!«

All das war mir durch den Kopf gegangen, bis Marië mir mit einem Lächeln die Tasse reichte.

»Danke«, sagte ich. Mit einer Tasse starken schwarzen Kaffees in der einen Hand lächelte Marië wieder, so wie sie es immer getan hatte.

»Willst du heute nacht hierbleiben?« fragte ich. Mariës Zimmer war als Gästezimmer so gut wie unverändert geblieben. Eigentlich klar, denn als Marië dort wohnte, hatte sie praktisch nur darin geschlafen, fast wie jemand auf der Durchreise. Selten hatte sie dort gelesen oder Musik gehört und war auch kaum ausgegangen.

Marië schüttelte den Kopf: »Nee, ich gehe lieber zurück, bevor rauskommt, daß ich hier war. Sonst gibt es wieder Streß. Ich hatte nur Lust bekommen, mit irgend jemandem zu reden. Und da dachte ich mir, wenn überhaupt jemand so spät noch auf ist, dann du.«

»Für den Rückweg leihe ich dir aber Schuhe«, sagte ich. »Über was wolltest du denn reden?«

»Das kann ich eigentlich gar nicht sagen. In etwa nur, daß ich wieder in Ordnung bin oder so.«

Weil es mitten in der Nacht war, hatten wir beide unbewußt geflüstert. Deshalb kam es mir so vor, als könnte ich das Rieseln des dicht fallenden Schnees hören. Hinter den beschlagenen Fensterscheiben tanzten die Flocken weiß durch die Finsternis. Alles schien sanft zu leuchten.

»Irre viel Schnee.«

»Ja. Heute nacht bleibt bestimmt viel liegen«, sagte Mariё einfach so dahin. Obwohl sie barfuß in tiefer Finsternis über den Asphalt hergelaufen war, schien ihr die Kälte nichts ausgemacht zu haben. Ich betrachtete sie von der Seite: Die Haare lang, der Mund klein und rund, so blätterte sie ohne besonderes Interesse in einer neuen Zeitschrift.

Als Mariё nach Hause ging, brachte ich sie bis zum Tor.

Es schneite wie verrückt, wild tanzten die Flocken vor unseren Augen. Selbst der Weg direkt vor dem Haus war in der Finsternis und dem Schnee kaum zu erkennen.

Mariё lachte. »Du hast bestimmt Angst, du könntest morgen früh erfahren, daß ich heute nacht gestorben bin, oder?«

»Hör mir bloß mit so was auf! Schließlich bin ich die ganze Nacht auf – und zwar allein«, sagte ich laut. Aber mir fiel ein, daß mich der Gedanke, der Geist der toten Mariё würde mich besuchen, tatsächlich vorhin beschlichen hatte.

Mariё, die im Schnee mitten in der Nacht barfuß an mein Fenster klopft.

»Übrigens, gestern habe ich seit langer Zeit mal wieder von Yoshihiro geträumt.« Mariё holte knallrote Handschuhe aus ihrer Tasche, zog sie über und schlackerte mit meinen Schuhen, die ihr viel zu groß waren. In der schneidend kalten Luft hallte ihre klare Stimme durch die Nacht.

»Diesen Traum von Yoshihiro, den hatte ich wirklich schon ein paar Monate nicht mehr. Ich sehe darin seine Gestalt von hinten, in einer schwarzen Jacke. Also, ich gehe eine Straße entlang. Weiter vorn in der Menschenmenge ist eine Gestalt, die ich schon mal gesehen habe. Wer ist das wohl, wer war das noch, denke ich und beschließe, zunächst mal der Gestalt zu folgen und sie mir genauer anzusehen. Im Näherkommen gerate ich dermaßen außer Fassung, daß mir fast schlecht wird, ich bin völlig unruhig. Es ist jemand, den ich wahnsinnig liebe. Ich weiß nicht, was das ist, aber in mir fließt alles über vor Liebe. Ich möchte ihn so fest umarmen, daß ich ihn schier zerdrücke, und fliege auf ihn zu. Als ich meine Hand auf seine Schulter legen will, fällt mir plötzlich sein Name ein. ›Yoshihiro!‹ rufe ich und werde von meinem eigenen Schrei wach. Obwohl ich auf dem Sofa im Wohnzimmer lag, war er so laut, daß meine Mutter aus dem hinteren Zimmer kam und fragte: ›Hast du gerufen?‹ Ich sagte zwar: ›Ich hab nur schlecht geträumt‹, aber der Schreck saß mir noch in den Gliedern.«

Erzählte mir das nur, um es loszuwerden, winkte zum Abschied und verschwand mit lachendem Gesicht im Schneegestöber.

Als Yoshihiro plötzlich beschlossen hatte, nach Japan zurückzukommen, erkannte ich schon am Tonfall seiner Stimme, daß es mit Sarah und ihm aus war. Warum, wußte ich nicht, es war eher Intuition.

»Mich hält hier nichts mehr, ich komm zurück«, sagte er am Telefon.

»Soll ich dich abholen?« fragte ich. Irgendwie kam mir die Idee, daß es schön wäre, die Schule zu schwänzen und nach Narita zum Flughafen zu fahren.

»Wenn du Zeit hast, komm. Ich lad dich auch zum Essen ein«, sagte er.

»Zeit hab ich, und einzuladen brauchst du mich nicht. Übrigens, soll ich noch jemanden mitbringen? Vielleicht die Mädchen, die dich mit verabschiedet haben?« fragte ich.

»Die nicht. Frag Marië...«, sagte Yoshihiro in dem Lärm am anderen Ende.

Marië.

Einen Augenblick zögerte ich, ohne den von ihm genannten Namen mit unserer Cousine Marië in Verbindung bringen zu können. »Marië? Warum Marië?«

»Sie hat mir ein paarmal geschrieben, und vor einem halben Jahr ist sie kurz in Boston vorbeigekommen. Zu dritt waren wir essen, mit Sarah. Also, frag sie doch mal.«

Schon damals wurde mir klar, daß Yoshihiro angefangen hatte, sich in Marië zu verlieben. Er sprach ihren Namen ganz offen aus, ohne seine Gefühle verbergen zu wollen.

Ja, von klein auf existierte zwischen Marië und meinem Bruder etwas, das sie gegenseitig anzog, obwohl sie es gar nicht besonders darauf anlegten. Etwas, weswegen sie sich wohl irgendwann einfach ineinander verlieben mußten. Etwas, das mit den Jahren, mit den Erfahrungen in anderen Beziehungen, ihr Verhältnis zueinander immer klarer werden ließ.

Ich rief Marië an und fragte sie, ob sie mit nach Narita kommen wolle. »Klar!« sagte sie. Auf dem Rückweg von New York habe sie einmal einen Abstecher nach Boston gemacht.

»Abends haben wir zusammen gegessen. Sarah hatte sich total verändert. Dünner geworden war sie, schweigsam, und sie lachte nicht. Sie benahm sich wie eine Erwachsene. Yoshihiro war, ganz gleich ob in Japan oder in Boston, fröhlich wie immer, auch gegenüber Sarah. Bloß, Sarah sah völlig fertig aus. Warum, weiß ich nicht. Ich spürte nur, daß es mit den beiden schon aus war... Das ging mir nicht aus dem Kopf, und als ich wieder in Japan war, hab ich ihm geschrieben. Aber von Yoshihiro kam nur eine ganz normale Antwort: Sarah geht's gut. Sarah ist ein tolles Mädchen. Japan fehlt mir, ich würde gern mal wieder Dorschrogen essen, na, so was eben. – Ich dachte mir, Yoshihiro ist echt in Ordnung. Das dachte ich wirklich! Nie würde er mir gegenüber, einem Mädchen, das ihn sehr gern hatte, das ihn in der transparenten Nachtluft von Boston die ganze Zeit angestarrt hatte, ein schlechtes Wort über seine derzeitige Freundin verlieren! Ich merkte, daß ich noch berauscht gewesen war von der besonderen Stimmung der Reise und ging mit mir ins Gericht. Als ich spürte, daß ich mit meinen Gefühlen ein bißchen ins reine gekommen war, hab ich mich auf einer Postkarte für den Brief entschuldigt. – Yoshihiro ist echt ein prima Kerl!«

Als es soweit war, bat ich meinen Freund, uns zu fahren. Wir holten Mariё ab und machten uns auf zum Flughafen.

Es war ein schöner kalter Herbsttag. Ein Nachmittag, an dem das Sonnenlicht klar durch die Scheiben in die Ankunftshalle fiel. Bald, nachdem durchgesagt worden war, das Flugzeug sei mit ein wenig Verspätung gelandet, trudelten die Fluggäste aus der Sperre.

Mariё hatte ihre langen Haare mit einer Schleife zu einem Pferdeschwanz gebunden. So straff, als wäre er die Verkörperung ihrer eigenen Anspannung und Unruhe.

»Was ist denn los, Mariё?« fragte ich.

»Was wohl!« meinte sie. Ihre Gestalt hob sich scharf gegen den weißen Fußboden ab – blauer Pulli, enger beiger Rock. Allein, wie die Hauptdarstellerin in einem Film, starrte sie mit makellosem Profil auf den Monitor in der Ankunftshalle, als wolle sie ihn verschlingen. Deutlicher als alle anderen Wartenden schien sie dreidimensional im Raum zu existieren. Wegen der Begrüßungsszenen um uns herum wurde es langsam eng. Der Strom der ankommenden Fluggäste riß mehr und mehr ab. Wer nicht dabei war, war Yoshihiro. Mein Freund und ich hielten Händchen. »Wann kommt er denn endlich?« fragte ich, beobachtete aber weder den Monitor noch die Schlange, sondern Mariё. Ihre wunderschöne Gestalt war gespannt bis in die Fingerspitzen. Als Yoshihiro endlich einen großen Koffer vor sich herschiebend aus der Sperre kam, bahnte Mariё sich einen Weg durch das Gedränge. Wie im Traum bewegte sie sich in einem merkwürdigen Tempo auf Yoshihiro zu, der reifer wirkte und etwas müder aussah als damals bei seinem Abschied.

Mein Bruder hatte uns entdeckt und hob die Hand: »Hey!« Dann sah er Mariё geradewegs in die Augen. »Mariё! Ist das lange her!« Mit einem kleinen Lächeln und in einem Tonfall, der erwachsener klang als je zuvor, sagte Mariё: »Willkommen zu Hause, Yoshihiro!« Im Lärm der Ankunftshalle drang das tiefe Timbre ihrer Stimme bis an mein Ohr.

»Ach, sind die beiden zusammen?« bemerkte mein Freund, der von allem keine Ahnung hatte. Da es sowieso so kommen wird, kann ich ruhig ja sagen, dachte ich und nickte. Ich hörte, wie Mariё zu Yoshihiro sagte, daß sie ihm viel zu erzählen habe. Mein Bruder nickte ihr zu und legte den Arm um ihre Schultern.

Am Frühstückstisch fragte Mutter: »Ist Mariё eigentlich gestern nacht hier gewesen?«

»Woher weißt du das?« fragte ich überrascht.

»Als ich aufstand, um zur Toilette zu gehen, hat sie in der stockdunklen Küche Kaffee gekocht. Da ich ganz verschlafen war, hatte ich völlig vergessen, daß sie gar nicht mehr bei uns wohnt, und hab gefragt: ›Du bist noch auf?‹ Und als sie lachend ›Ja‹ sagte, war ich zufrieden, bin zurück in mein Zimmer und wieder eingeschlafen. Dann hab ich also tatsächlich nicht geträumt, oder?«

»Nein. Ganz plötzlich war sie da«, sagte ich. Draußen war es blendend hell. Vom völlig aufgeklarten Himmel fielen die Sonnenstrahlen auf die ganz frische Schneedecke. Während ich das beobachtete, stieg ein eigenartiges Gefühl in mir auf, von dem ich nicht wußte, ob es noch Müdigkeit oder Gereiztheit war. Im Fernseher brachten sie die Morgennachrichten, laut drang Leben ins Zimmer. Mutter hatte Vater schon längst zur Bahn gebracht und aß jetzt ein spätes Frühstück mit mir.

»Ob es drüben Probleme gibt?« fragte sie.

Ich lachte. »Drüben! Mariës wirkliches Zuhause *ist* drüben, Mama. Dort sind ihre richtigen Eltern.« Ich wußte genau, was Mutter meinte.

»Als sie bei uns gewohnt hat, hab ich sie richtig ins Herz geschlossen«, sagte sie. Ich nickte und knabberte weiter an meinem Brot. Von Yoshihiro redet Mutter nicht mehr. Ein Jahr lang hat sie sich damit abgelenkt, an seiner Stelle Marië über alles zu lieben. Manchmal überlege ich, wie es wohl ist, jemanden wie Yoshihiro geboren, großgezogen und dann verloren zu haben. Ich kann es mir nicht im entferntesten vorstellen. Als Marië hier wohnte, war sie die ganze Zeit bei Mutter und half ihr im Haushalt oder schwere Sachen tragen. Das war bestimmt eine gute Zerstreuung für Marië, die wirklich überhaupt nichts anderes zu tun hatte. Ihre gute Erziehung bekam auch ich zu spüren. Beim Essen sagte sie immer lächelnd: »Das schmeckt aber gut.« Und wenn wir gleichzeitig ins Bad wollten, ließ sie mir den Vortritt: »Geh nur zuerst.« Aber richtig gelebt hat Marië in unserem Haus nicht. Sie war wie ein Wesen aus dem Reich der Illusionen, mit dem man nett zusammen wohnt, etwa so wie mit Alf oder der Bezaubernden Jeannie.

Nur wenn sie weinte, hatte ich sie als lebendiges Wesen empfunden. Später kam es zwar nur noch selten vor, aber wenn ich anfangs, als Marië gerade bei uns eingezogen war, nachts in die Küche ging, um mir einen Kaffee zu machen, weinte sie im Gästezimmer still vor sich hin – das war so gut wie sicher. Ihr Wimmern, das in der Nacht leise die Dunkelheit tränkte, sickerte mir ins Gemüt wie der Dauerregen in der Regenzeit. Auch ich war damals ziemlich am Boden. Ich fühlte mich völlig leer, als stünde ich am Ende der Welt. Wenn Marië in dieser Zeit allein zu Hause war, schlich sie sich immer in das Zimmer meines Bruders, das nach seinem Tod unverändert geblieben war. Kam ich heim und machte mir Sorgen, weil ich Marië nirgends sah, fand ich sie oben im ersten Stock. Dort hockte sie in Yoshihiros Zimmer, das noch seine Aura spüren ließ, zusammengesunken hinter der halb offenen Tür und weinte. Sie weinte auch im Bad. Wenn ich nach Marië in die Wanne steigen wollte und wir uns auf dem Gang zum Badezimmer trafen, ging sie erhitzt und mit vom Baden hochrotem Gesicht an mir vorbei, die Augen rot geschwollen, die Nase triefend. Das Wasser ist bestimmt ganz salzig...! Mit diesem Gedanken stieg ich in die Wanne, und oft wurde mir im heißen Dampf ganz unerträglich zumute.

Daß Weinen hilft, stimmt wohl irgendwie.

Denn mit der Zeit hörte Marië damit auf und zog wohlbehalten wieder zu ihren Eltern.

»Falls du Marië siehst, richte ihr doch aus, sie soll das nächste Mal bitte dann kommen, wenn man sich richtig unterhalten kann«, meinte Mutter.

»Mach ich, wenn ich sie seh«, sagte ich im Aufstehen.

Ich ging zur Uni und gab ein paar Hausarbeiten ab. Dann dachte ich daran, daß ich eigentlich mal wieder mein Fach aufräumen könnte. Als ich den Raum mit den Schränken betrat, bemerkte ich ein Briefchen, das mit Tesastreifen an die Tür meines Schließfachs geklebt war. Ich nahm es ab und las. Die Nachricht war von Ken'ichi, einem Freund, und da stand:

Ich geb dir das Geld zurück.
Ruf mich übermorgen gegen Mittag an. Ken'ichi.

Ken'ichi hatte sich von allen möglichen Leuten Geld geliehen, sich davongemacht und es noch nicht zurückgegeben. An der Uni konnte er sich nicht mehr blicken lassen. Ich hatte ihm alles in allem fünfzigtausend Yen geliehen und gar nicht mehr damit gerechnet, sie jemals zurückzubekommen. Insgesamt hatte Ken'ichi wohl eine ganz schöne Summe zusammengekratzt, und alle waren stinksauer auf ihn. Aber irgendwie kannte ich so was schon, denn Yoshihiro war auch so ein Typ gewesen. Also dachte ich mir bloß: So ist das eben! – ohne mich weiter über ihn zu ärgern. Obwohl mir schon manchmal, wenn ich an Klamotten dachte, die ich gerne haben wollte, durch den Kopf ging: Wenn ich jetzt die fünfzigtausend hätte ...! Ein schlechter Kerl ist Ken'ichi deswegen aber nicht, das sind zwei verschiedene Paar Schuhe. Nett sein und dazu noch Schulden zurückzahlen – solche Typen muß man mit der Lupe suchen ...! Mit diesem Gedanken faltete ich Ken'ichis Brief zusammen und steckte ihn in meine Tasche. – Aber warum gibt er mir eigentlich das Geld zurück? Ich neigte den Kopf zur Seite und überquerte den mit Schneeresten bedeckten Innenhof.

»Hey, Shibami!« rief jemand hinter mir her. Als ich mich umsah, stand Tanaka da. Weil er auch einer von denen war, die Ken'ichi Geld geliehen hatten, machte ich einen Versuch: »Sag mal, hat Ken'ichi sich eigentlich bei dir gemeldet, um dir das Geld zurückzugeben?«

»Nee, nicht die Bohne! Das ist echt nicht mehr spaßig! Dreißigtausend hab ich ihm gegeben. Und damit ist er mit einer Frau einfach ab nach Hawaii!« Er war wirklich ganz schön wütend.

»Nach Hawaii?«

»Ja. Er ist jetzt mit 'ner Oberschülerin zusammen.«

»Echt? Und jetzt? Ist er zurück?«

»Nicht, daß ich wüßte.«

»Aha«, sagte ich mit einem Kopfnicken. Ken'ichi hatte offensichtlich vor, nur den Leuten das Geld zurückzugeben, die er leiden konnte.

»Wieso? Hat er sich denn bei dir gemeldet?« fragte Tanaka.

Aber ich schüttelte den Kopf. »Nee.« Bloß keine Komplikationen! Mir wollte er schließlich das Geld zurückgeben.

»Übrigens ... in letzter Zeit sieht man deine Cousine öfter.«

Marië und Tanaka kannten sich vom Sehen.

»Wo denn?« fragte ich.

»Na ja, in dem Café an der Kreuzung, das bis morgens auf hat, oder auf der Straße, oder im DENNIS, dem Laden der Restaurantkette. Im Grunde überall hier in der Gegend, immer nachts.«

»Nachts.« Ich nickte. Marië war also nicht nur gestern durch die Nacht gestreunt. Als abendliche Vergnügungen konnte man diese Aktivitäten sicher nicht bezeichnen, das war eher das Umherstreifen einer Nachtwandlerin.

Wie war das wohl, in verschneiter Nacht zu meinem erleuchteten Fenster hochzuschauen? Wenn es draußen finster ist, wirkt mein Zimmer sicher strahlend hell. Und bestimmt schön warm.

Als ich darüber nachdachte, wurde ich ein wenig traurig. Also dann! Wir verabschiedeten uns und gingen in verschiedenen Richtungen davon.

Ob ich Marië wohl antreffe? überlegte ich auf dem Heimweg von meinem Job und schaute in das dämmrige Café rein, von dem Tanaka gesprochen hatte. Schummrig war selbst das Licht in diesem Laden, der auch noch direkt an einem Friedhof lag. Die ganze Gegend wirkte düster.

Da saß Marië, die Ellbogen auf den Tisch gestützt. Ich ging zu ihr rüber: »Marië!«

»Hey, gerade richtig«, meinte sie und zeigte auf die Einkaufstüte, die auf dem Stuhl neben ihr lag.

»Gerade richtig? Wieso?« fragte ich und setzte mich ihr gegenüber.

»Da drin sind deine Schuhe.«

Ich lachte: »Ach so.«

Marië lachte zurück und reichte mir die Papiertüte vom Kaufhaus Isetan rüber. Bestimmt hatte sie meine alten Treter schön getrocknet und gewienert und in einen hübschen Karton gesteckt. Diese ordentliche, kultivierte Art. Bloß noch eine alte Gewohnheit aus vergangenen Zeiten, dachte ich und betrachtete sie irgendwie wehmütig wie den Geist einer Verstorbenen.

»Du wolltest also zu uns?« fragte ich.

»Ja. Und weil alle Fenster dunkel waren, wollte ich schon

unverrichteter Dinge wieder nach Hause gehen«, sagte Marië. Nachdem ich einen Gin Tonic geordert hatte, richtete ich ihr Mutters Worte aus: »Sie sagt, du sollst tagsüber vorbeikommen. Nachts erscheinst du ihr wie eine Traumgestalt, und sie hat nichts von dir, meint sie.«

Mariё lachte. »Hahaha, Tantchen war doch völlig verschlafen. Ich habe mitgemacht, weil sie so eigenartig geredet hat.«

»Das hat sie selbst auch gemeint«, sagte ich, und wir schwiegen eine Weile. Ich trank meinen Gin Tonic, und Marië sah mit weitgeöffneten Augen aus dem Fenster auf die vorbeifahrenden Autos. So unglücklich wirkte sie gar nicht. Aber als Mädchen war sie nie eine Nachteule gewesen und bis spät in die Nacht aufgeblieben. Selbst wenn wir uns gegenseitig besuchten, war sie nach zehn Uhr immer eingeschlafen. Obwohl Mariё meine Cousine ist und ich sie von klein auf kenne, schien es nun, als habe sie ganz neue, mir völlig unbekannte Züge angenommen. Plötzlich sagte sie: »Wußtest du, daß Sarah schwanger war?«

»Was?« sagte ich nur und sortierte eine Weile die Worte »Sarah« und »schwanger« in meinem Kopf. »Ich hatte nicht die leiseste Ahnung«, antwortete ich, als ich dann endlich begriffen hatte.

»Ach so. Mir ist das auch gerade eben erst wieder eingefallen. In solchen düsteren Cafés mit lauter Musik kommen einem plötzlich Dinge in den Sinn, die man schon längst vergessen hat, oder? Und außerdem sitzt schon die ganze Zeit ein Mädchen mit blauen Augen an dem Tisch da hinten. Deshalb dachte ich daran, wie es Sarah wohl geht...«

»Ist das Kind von Yoshihiro?«

»Er sagte, er wüßte es nicht.« Mariё lachte. »Sarah war doch lange Zeit hin- und hergerissen. Zwischen einem Typen in Boston, den sie schon als Kind kannte, und Yoshihiro. Daß Jungs vom Lande oft zwei Freundinnen haben, eine zu Hause und eine da, wo sie zur Uni gehen, ist ja nichts Neues. Und bei Sarah war es eben dasselbe – nur international. Yoshihiro sagte, er hätte erst davon erfahren, nachdem er in Boston angekommen war. Letzten Endes hat er sich offenbar von selbst zurückgezogen. Denn Yoshihiro war ja Japaner, und ihm war klar, daß er irgendwann wieder nach Japan zurückgehen würde. Sarah hatte ihn zurückhalten wollen, meinte er. Und das letzte halbe Jahr waren wohl alle drei hoffnungslos miteinander verstrickt. Dieses Hin und Her – das war nichts für Yoshihiro. Du weißt ja, daß er in solchen Situationen immer weglief. Aber in Amerika gab es keinen, zu dem er wirklich hätte gehen können. Er hatte ja sonst niemanden, der ihm nahestand. Für Sarah war es aber bestimmt auch ganz schön schwer: kaum in Japan angekommen, Yoshihiro zu begegnen und sich richtig zu verlieben. Damals, als zwischen mir und Yoshihiro noch gar nichts lief, hat sie mir oft erzählt, wie schwer es für sie sei. Weil sie einen festen Freund in Boston habe und, obwohl sie Yoshihiro dermaßen liebe, Japan doch so anders sei. Und daß sie zwar im Moment hier in Japan Studentin sei, aber demnächst zurückmüsse … Yoshihiro sagte, er wisse nicht, ob Sarahs Schwangerschaft echt sei oder nur vorgetäuscht. Aber wenn die Sache tatsächlich stimme, dann sei das Kind mit fast hundertprozentiger Wahrscheinlichkeit von dem anderen.«

»Ich hatte keinen blassen Schimmer.« Allerlei Gedanken gingen mir durch den Kopf.

Die Schwangerschaft war natürlich nicht das einzige, von dem ich nichts gewußt hatte. Auch von dem Freund in Boston hatte ich keine Ahnung gehabt. An jenem Tag hatte Sarah sicher der kleinen Schwester ihres Freundes von einem Traum erzählt, der nur während ihrer Zeit in Japan existierte. Hatte sie mir, der naiven kleinen Schwester, die perfekte Freundin von Yoshihiro nur vorspielen wollen? Mir fiel wieder ihr durchscheinend goldener Pony ein, als sie meine Hausaufgaben gemacht hatte. Der unbeschwerte Blick. Nein, das konnte nicht sein! Damals hatte es Sarah wirklich ernst gemeint. Ihre Augen, die glauben wollten, daß alles irgendwie gut gehen würde ... War ihr Freund in Boston wohl der Typ Geschäftsmann, von dem sie damals gesprochen hatte? Hatte Yoshihiro Sarahs Leben völlig aus der Bahn geworfen und war dann einfach verschwunden?

So sehr ich auch darüber nachdachte – ich konnte das alles nicht verstehen. Das einzige, was ich begriff, war: Sarah war damals schon erwachsen gewesen. Erwachsener als ich, auch als Yoshihiro und Mariё. So erwachsen, daß sie einem leid tun konnte.

Ich wurde langsam betrunken. Mittlerweile war das Düstere im Laden erstaunlich tief herabgesunken, heimlich, still und leise. Dennoch stachen Mariës Konturen klar und deutlich hervor, deutlicher als etwa die der muffig dreinschauenden Bedienung, die weiter weg an der Theke mit Gästen redete. Deutlicher als die Züge der langhaarigen Superschönheit, die mit ihrem *lover* die Köpfe zusammensteckte. Und auch deutlicher als die der Frau mit den kindlichen Gesichtszügen, die am Fenster in einer Zeitschrift blätterte und rauchte. Warum ist das wohl so? ging es mir durch den Kopf.

»Sag mal... ist Sarah vielleicht gerade in Japan?« fragte Mariё.

»Warum sollte sie? Hör mal, sie war doch bloß Austauschstudentin. Und das vor ein paar Jahren. Sie ist ja noch nicht mal gekommen, als Yoshihiro gestorben ist«, antwortete ich erstaunt. Mariё wußte doch genau, daß ich ihr ohne falsche Rücksichtnahme Bescheid sagen würde, wenn Sarah in Japan wäre. Ihre Züge entspannten sich. »Gestern hatte ich einen rätselhaften Anruf«, meinte sie.

»Inwiefern rätselhaft?«

»Nachdem ich mich mit ›Ja‹ gemeldet hatte, herrschte Stille. Und als ich eine Weile die Ohren spitzte, konnte ich im Hintergrund eine Männerstimme Englisch reden hören. Na ja, vielleicht war es nur einer dieser Anrufe, wo sich keiner meldet, und im Hintergrund lief der Englischunterricht des Schulfernsehens. Aber – die Dichte dieses Schweigens... Weißt du, so ein Schweigen, als ob jemand gleich losreden wollte, als ob jemand ganz durcheinander wäre. Nur deshalb bin ich auf diese Idee gekommen.«

»Ach...?« Um ehrlich zu sein, zu diesem Zeitpunkt interessierte Sarah mich überhaupt nicht. In erster Linie war mir Mariё unheimlich, die über Angelegenheiten meines vor einem Jahr gestorbenen Bruders sprach, als wäre das völlig normal. »Falls ich etwas erfahre, sag ich's dir.«

Mariё lächelte. »Ja, tu das.«

Als wir uns trennten, ließ Mariё ganz normal, als wäre es

nicht mitten in der Nacht, ein »Also dann!« verlauten und eilte leichtfüßig davon. Ich wartete, bis sich ihre Schritte auf dem Asphalt entfernten, und begann dann selbst die dunkle Straße entlangzuwandern.

Früher, als ich noch zur Mittelschule ging, hatten uns meine Eltern einmal im Streit wegen einer Geliebten meines Vaters allein gelassen. Mitten im Winter war das.

Wahrscheinlich war es, wie das ja öfter vorkommt, nur ein harmloser Seitensprung. Aber meine hysterisch gewordene Mutter war zu ihren Eltern gezogen, ohne Rücksicht auf Yoshihiro und mich. Vater war ihr nachgefahren, um sie zurückzuholen. Die Geschichte schien sich noch verschlimmert zu haben. Aber wer denkt, die im Stich gelassenen Geschwister hätten weder aus noch ein gewußt, der irrt sich gewaltig. Als erstes riefen wir Marië an und quartierten sie bei uns ein. Dann nutzten wir drei die Gelegenheit, hoben mit der *cashcard* massenhaft Geld ab und kauften einfach alles, worauf wir Lust hatten. Jeden Abend tranken wir Alkohol und blieben bis spät in die Nacht auf. Auf mich hatte die achtzehnjährige Marië damals schon wie eine erwachsene, schöne Frau gewirkt.

Richtig, damals haben wir drei in einem Raum geschlafen.

Natürlich war es eine Nacht, in der es schneite, und es war so bitter kalt, daß man noch nicht mal zur Toilette gehen wollte. Gleich hinter den Fensterscheiben lauerte sie, die klirrende Eiseskälte.

Im Zimmer war es warm, und wir, betrunken und noch dazu mit vollgeschlagenen Bäuchen, hatten an jenem Abend angezogen am Kotatsu* geschlafen. Als erster atmete Yoshihiro ruhig und gleichmäßig im Schlaf. Mariё fielen ebenfalls schon die Augen zu. Als auch ich mich vor lauter Müdigkeit nicht mehr aufrecht halten konnte und wortlos hinlegte, trafen sich unsere Blicke. »Ach, dann laß uns doch einfach hier schlafen«, hatte Mariё gesagt. Sie richtete sich halb auf und küßte Yoshihiro mit einem »Schlaf gut!« auf die Wange. Als ich erstaunt guckte, hatte sie gelacht und gerechterweise auch mir so einen Kuß gegeben.

»Danke«, hatte ich gesagt. Mariё lächelte mir zu, legte sich arglos zurück und schloß die Augen. Immer höher eingeschlossen vom lautlos fallenden Schnee in tiefer Nacht, betrachtete ich die Schatten, die Mariёs lange Wimpern auf ihre weiße Haut warfen, und schlief ein.

Nach vier Tagen kamen Vater und Mutter schließlich zurück. Erschrocken besahen sie sich das verschlampte Haus und uns drei, die wir plötzlich recht seltsam aussahen und mit unserem Kater zu kämpfen hatten. Sie waren blitzwütend auf Yoshihiro, dem sie die Schuld an allem gaben.

Aber der ließ sich nicht unterkriegen. »Wir dachten, daß ihr euch vielleicht trennt, und da hatten wir Angst und wußten nicht, was wir machen sollten!« So einer war er, er brachte sie sogar zum Heulen. Äußerst spaßig!

Die Nacht damals hatte geglitzert und gefunkelt und wirkte so tief wie die Unendlichkeit. Hinter Yoshihiro, in dessen Augen wie immer der Schalk blitzte, glaubte man

* Kleiner japanischer Tisch, der im Winter mit einer unter der Platte installierten Infrarotlampe und einer Steppdecke bis zum Boden warme Beine und Füße garantiert. (A. d. Ü.)

eine Landschaft irgendwo in weiter Ferne erblicken zu können.

Ein ganzes Panorama...

Möglicherweise war das ja die »Zukunft« gewesen, der ich mit kindlichem Gemüt entgegengeblickt hatte. Yoshihiro war damals ein Wesen für mich, das durch die Nächte wanderte, ein Wesen, das einfach nicht sterben konnte.

Ja, und weil Yoshihiro dann den Rest seines Lebens so gut wie nie zu Hause war, wurde er mir fast fremd. Ganz anders als in Kindertagen.

Aber wenn ich so mit Mariё erzähle, sehe ich ihn plötzlich vor mir, und ich sehne mich nach ihm. Genau wie an Taifunabenden. Oder im Sommer, wenn wir zu Hause in der brütenden Hitze stöhnen und die Klimaanlage hochstellen. Das ist schon immer so gewesen mit ihm, egal ob er in der Nähe ist oder weit weg, ob er tot ist oder lebt: Völlig unerwartet erscheint er wie aus dem Nichts und wühlt mein Innerstes auf. Läßt mein Herz schmerzen.

Früh am Morgen klingelte das Telefon.

Da es direkt neben der Tür zu meinem Zimmer steht, ging ich noch ganz verschlafen hin und hob ab. Als ich mich mit: »Ja, hier Yamaoka« meldete, stieß eine Frau am anderen Ende ein überraschtes »Ah!« hervor. Ob das wohl, wie Mariё gesagt hatte, Sarah ist? dachte ich. Probehalber verglich ich diese Stimme mit der Sarahs in der hintersten Ecke meines Gedächtnisses, konnte aber zu keinem Schluß kommen. Sie schien ihr zu ähneln, dann aber auch wieder nicht.

»Sarah?« fragte ich.

Eine Weile herrschte Schweigen, und ich hatte das Gefühl, daß jeden Augenblick aufgelegt würde. Einfach nur Schweigen – ohne Ja, ohne Nein.

Direkt aus dem Schlaf gerissen, konnte ich noch gar nicht klar denken. Ich fühlte mich irgendwie unsicher auf den Beinen, und durch meinen Kopf wirbelten allerlei wirre Gedanken.

Angenommen, Sarah wäre gerade in Japan, könnte aus irgendeinem Grund nicht frei reden und hätte jetzt den Mut verloren, sich mit Namen zu melden. Angenommen, sie wollte nur hören, ob wir, ihre Freunde von damals, noch da sind.

Das waren allerdings pure Vermutungen. Schweigen verrät einem nichts.

»Sarah, leg nicht auf!« Die englischen Brocken zusammenkratzend, sprach ich aus einem Meer von Schläfrigkeit. Das Telefonat wurde nicht unterbrochen. Ich versuchte es weiter:

»Hier ist Shibami, Yoshihiros Schwester! – Wir haben uns doch ein paarmal getroffen und uns Briefe geschrieben, weißt du noch? – Ich bin jetzt fast zweiundzwanzig! – Du hast dich doch bestimmt auch ganz verändert! – Auch wenn der Kontakt zwischen uns beiden vielleicht völlig abgebrochen ist, denke ich doch irgendwo tief in meinem Herzen immer an dich. – Gerade dieser Tage hab ich den Entwurf eines Briefes an dich wiedergefunden und mußte an dich denken. Mir fiel wieder ein, wie du mir damals die Hausaufgaben gemacht hast und so.«

Als ich schwieg, war vom anderen Ende ein fernes Rauschen zu hören. Eine Geräuschkulisse aus Stimmen und Schritten vorbeigehender Leute. Danach wurde es wieder völlig still. Und dann drang ein tränenreiches Schluchzen an mein Ohr, das immer lauter wurde. Sarah weinte. »Sarah?« fragte ich erschrocken.

»Sorry...« Kaum vernehmbar, aber unverkennbar Sarahs Stimme.

Volltreffer, sie redet mit mir, dachte ich und fragte: »Sarah, bist du in Japan?«

»Ja. Aber ich kann dich nicht treffen«, antwortete sie.

»Bist du mit irgendeinem Mann hier? Kannst du von deinem Zimmer aus nicht reden? Das da ist doch ein Hotel, oder?«

Sarah antwortete nicht. Sie weinte bloß. Dann sagte sie: »Ich wollte nur wissen, ob es dir gut geht. Als ich deine Stimme hörte, erinnerte ich mich an alles bei euch zu Hause... an die schöne Zeit in Japan... und mir wurde ganz schwer ums Herz.«

»Sarah, bist du glücklich?« fragte ich.

Zum ersten Mal sagte sie mit einem kleinen Lachen vom anderen Ende: »Ja, ich habe geheiratet. Es ist alles in Ordnung. Mach dir keine Sorgen, ich bin nicht unglücklich.«

»Wie schön!«

»Sag mal, Shibæmi. Als Yoshiheero starb, war er da allein...? Ich meine, ich wollte nur wissen, ob er eine große Liebe hatte«, fragte Sarah ganz unvermittelt.

Ich wußte genau, daß Sarah etwas ahnte. Wegen dem Glanz in Mariës Augen, schon als sie in Boston war, und wegen Yoshihiros Blicken. Denn Yoshihiro hatte Marië immer mit einem eigentümlichen Ausdruck angeschaut, ganz klar und still. Als wollte er sich vergewissern, daß sie lebendig ist, sich bewegt und vor seinen Augen lacht.

Diese Blicke hatte Sarah mit Sicherheit bemerkt.

»Er war allein.« All meine Kunstfertigkeit im Lügen legte ich in diese Worte. »Freundinnen hatte er ja viele, aber die wahre Liebe war nicht dabei.«

»Aha ... Entschuldige, daß ich dir so alberne Fragen stelle... Aber ich fühle mich so vertraut mit dir wie früher, seit ich hier in Japan bin. Ich bin wirklich froh, daß ich mit dir sprechen konnte. Das hab ich nur dir zu verdanken!« sagte Sarah. Das war jetzt nicht mehr die Frau, die einfach nicht umhin konnte anzurufen, ohne sich zu melden, oder die von innerer Zerrissenheit gequält in Tränen ausbrach. Das war wieder die gelassene Sarah, die ich kannte.

»Tja dann, mach's gut. Ich muß wieder zurück auf mein Zimmer.«

»Ja, also dann ...«, sagte ich. Mittlerweile war ich hellwach. Der Himmel vor meinem Fenster hatte eine seltsame Tönung zwischen blau und grau angenommen, im ganzen Zimmer war es unwahrscheinlich grell. Komisches Wetter, dachte ich und sagte: »Ich wünsch dir Glück, Sarah, ganz ehrlich. Viel, viel Glück!«

»Danke, Shibæmi«, sagte sie und legte auf.

Ich hatte das Gefühl, etwas geschafft zu haben, aber gleichzeitig wurde mir richtig seltsam zumute, ganz furchtbar traurig. Und wieder kam mir Mariё einfach unglaublich vor. Aus einem Anruf, bei dem kein einziges Wort gefallen war, hatte sie erahnt, daß Sarah in Japan war. Mit festem Blick hatte sie davon gesprochen, ohne jeden Zweifel. Sie hatte es einfach gewußt. Ja, wahrscheinlich war für Mariё, die im Moment zwischen Traum und Wirklichkeit umherirrte, eine Person am anderen Ende des Telefons greifbar nah, und sie hatte Sarah augenblicklich erkannt.

»Hallo?« Da ich an diesem Tag wie versprochen das Geld zurückbekommen sollte, rief ich Ken'ichi an.

»Ach, hallo, bist du's, Shibami?«

»Hast du nicht gesagt, du wolltest mir das Geld zurückgeben?«

»Ja, gerade hab ich bei einem Job was verdient, ich geb dir alles auf einmal.«

»Ich hab gehört, daß du von meinem Geld nach Hawaii gefahren bist?«

»Hawaii??? Red kein dummes Zeug! In Atami* war ich, Atami!«

»Bei den anderen hat sich das zu Hawaii ausgewachsen.«

»Na klar! Hättet ihr mal das ganze Geld zusammengezählt, hättet ihr euch das Ziel der Reise doch ausrechnen können, ihr Idioten. Der Tanaka kann lange auf sein Geld warten!«

»Atami? Was gab's denn da?«

»Erzähl ich dir nachher. Wo sollen wir uns treffen? Ich richte mich ganz nach dir.«

»In der Lobby des Hotels K, um eins«, sagte ich. Ich hatte mal gehört, daß Sarahs Eltern oft dort wohnten, wenn sie in Japan waren. Vielleicht... Vorhin hatte ich schon an der Rezeption angerufen und nach Sarah gefragt, aber unter

* Bekanntes und beliebtes Onsen, das etwa zwei Fahrstunden von Tokyo entfernt am Meer liegt. (A. d. Ü.)

ihrem Namen gab es dort niemanden. Ich hatte die Hoffnung jedoch noch nicht ganz aufgegeben.

»Okay«, sagte Ken'ichi und legte auf.

Was für Menschenmassen sich dort auch tummeln mögen – die Atmosphäre an Orten wie den Lobbys riesiger Hotels ist im Grunde genommen immer völlig tot. Als ich ankam, war Ken'ichi offenbar noch nicht da. Ich ließ mich tief in eins der Sofas sinken und schaute mich um.

Überall Ausländer, das heißt hauptsächlich Geschäftsleute in Anzug und Krawatte. Aber von Sarah keine Spur. Fließendes Englisch hallte von der hohen Decke wider und lullte mich ein wie Musik. Ich verfiel immer mehr ins Träumen.

Bald sah ich durch die Glastür Ken'ichi näher kommen. Als er vor meinem Platz stand, gab er mir ein Kuvert. »Hier, dein Geld.« Ohne ein Wort nahm ich das Kuvert an mich. Ein Grund, mich zu bedanken, lag nicht vor.

»Haste grad Zeit?«

»Ja, was Besonderes hab ich nicht vor.«

»Komm, dann lad ich dich zum Tee ein«, sagte Ken'ichi und setzte sich mir gegenüber.

Während wir Tee tranken, meinte er lachend: »Irre, die Gerüchteküche ist ja Wahnsinn. Hawaii – Mensch, da würd ich auch gern mal hin!«

»Hör mal, knapp zweihunderttausend Yen, wofür hast du die dann verbraten? Aber – wenn du nicht willst, brauchst du's nicht zu erzählen.«

»Nee, nee, ist schon okay. Richtig gepraßt haben wir in Atami. In den besten Hotels der Gegend sind wir abgestiegen, jeden Tag mit dem Wagen rumgedüst und haben super gegessen. Zwei Wochen war'n wir da. Guck dir meine Haut an, zart wie ein Kinderpopo, oder?«

»Warst du mit deiner Freundin da?«

»Ja.«

»Soll ja 'ne Oberschülerin sein?« Ich lachte.

»Ja, Wahnsinn!« platzte Ken'ichi raus. »Voll daneben! Auf dem College ist sie. Das ist ja ein irres Gerücht! Wie weit das wohl noch geht? Vielleicht sollte ich noch 'ne Weile länger von der Bildfläche verschwinden?«

»So ist das eben mit Gerüchten. Solange du Geld schuldest, werden sie immer weiter aufgebauscht. Aber – zwei Wochen Atami, das muß doch selbst für ein frisch verliebtes Paar langweilig werden, oder?«

»Ach, einfach Zeit zu haben ist schon prima... Oder anders gesagt, wir wollten nur raus aus dem Alltagstrott, da war uns alles recht. Die Eltern meiner Freundin sind frisch geschieden. Weil sie mir furchtbar leid tat, wollte ich sie irgendwohin mitnehmen. Aber Ausland ist so anstrengend, und da man sich in einem Onsen angeblich auch nicht gerade langweilt, war Atami genau das Richtige. Der Plan war prima, aber ich war pleite, völlig pleite.« Ken'ichi lachte.

»Sag bloß!«

»Wenn man sich einmal in depressive Stimmungen fallen läßt, gibt es anscheinend kein Halten mehr. Ich hatte mich von meiner Freundin anstecken lassen und war selbst ein bißchen komisch geworden. Na ja, bei ihr zu Hause war's wohl wirklich schlimm gewesen, also, was soll's? – Nur ein Beispiel: Wir verabreden uns. Wie immer komme ich etwa eine Viertelstunde zu spät. Daraufhin ist sie völlig fertig.

Und heult. Wir haben uns zwar nicht andauernd gesehen, aber es hatte mich auch schon erwischt. Deshalb wollte ich mal so richtig einen draufmachen. Inwieweit sie das alles so genossen hat, weiß ich nicht, ich jedenfalls hatte echt meinen Spaß.«

»Das kann ich mir vorstellen!« Ich lachte.

Daß Mariës Eltern dermaßen gegen deren Beziehung zu Yoshihiro waren, damit hatten wohl auch die beiden nicht gerechnet. Aber ehrlich gesagt hätte ich als Mutter meine einzige Tochter, in deren Ausbildung, seien es jetzt Klavier- oder Englischstunden, ich viel Geld gesteckt habe, auch nicht diesem offensichtlichen Weiberhelden geben wollen.

Zwei Phasen hatte ich in ihrer Beziehung gesehen: die Zeit, als sich die beiden immer stärker ineinander verliebten, ohne daß jemand etwas ahnte; und die Zeit, nachdem alles rausgekommen und von Mariës Eltern unterbunden worden war und die beiden sich nur noch heimlich trafen. Der Unterschied war so gigantisch wie der zwischen Tag und Nacht. Aber sie schienen trotzdem wirklich glücklich: Yoshihiro, der anfing, Gefallen an diesem Gigantischen zu finden, und Marië, die sich mit dem entsprechenden *thrill* diebisch über alles freuen konnte, was sie ohne Wissen ihrer Eltern tat.

Zweimal Klingeln – das war Mariës Zeichen für »Ruf mich an!«.

Die leichten Schritte Yoshihiros, der dann zum Telefon ging.

Mein Bruder hatte einen Verkehrsunfall und ist noch in der Ambulanz gestorben. Das passierte unterwegs zu einer Verabredung mit Mariё, von der wir zufällig nichts wußten. Mein Vater ist Chirurg an einem großen Krankenhaus. Hätte man das damals gewußt und Yoshihiro sofort zu ihm gebracht, hätte er vielleicht gerettet werden können – das hinterließ einen ganz schön bitteren Nachgeschmack!

Daß Mariё so schrecklich tief fiel, begann, glaube ich, mit dem »Warten auf Yoshihiro«. In einem Café vor dem Bahnhof hatte sie auf ihn gewartet. Der Laden, den alle als Treffpunkt benutzten, war hell und freundlich. Mehrmals bestellte sie Kaffee nach, aß zwei Stück Kuchen, trank einen Lemon Squash, aß ein Eis ... Ganze fünf Stunden wartete sie. Dann trottete sie geknickt nach Hause und erfuhr vom Tod ihres Freundes.

Später erzählte mir Mariё mal davon: »Es war, als wäre mein Magen pechschwarz, wie ein schwarzes Loch im All. Egal, was man hineinwarf, egal, wieviel, und egal, was, alles verschwand einfach spurlos. Die ganze Zeit über waren all meine Sinne auf die Tür gerichtet. Auch als ich ein paar Zeitschriften durchblätterte, war ich überhaupt nicht bei der Sache. Nervös überflogen meine Augen bloß die Zeilen. Und gerade jetzt kamen mir nur die dunklen Seiten in den Sinn, die Yoshihiro bisher an den Tag gelegt hatte. Und je mehr Zeit verging, desto stärker spürte ich, wie sich diese schwarzen Flecken überall in mir ausbreiteten, und wie alles zusammenbrach. Als ich nach Hause ging, war es schon dunkel. Und dieses schwarze Etwas, das so schwer war, daß ich kaum aufrecht stehen konnte, schleifte ich mit. Zu Hause angekommen, würde ich mich hinlegen und auf einen Anruf warten, überlegte ich. Es muß einen Grund geben. Wenn ich ihn nur sprechen könnte, würde ich verstehen, warum..., dachte ich wieder und wieder.«

Mariës Seele, im Warten eingesperrt.

»Tja, soll'n wir mal langsam?« Ken'ichi stand auf.

»Also, auf jeden Fall freu ich mich total, daß ich das Geld zurück habe. Das kommt mir vor wie ein Traum.«

»Jetzt übertreibst du aber!« Ken'ichi lachte. Wir schlängelten uns zwischen den Sofas hindurch und gingen über den Teppich in Richtung Ausgang. Ich ließ meine Blicke schweifen, um Sarah doch noch irgendwo zu entdecken. Da – an der Rezeption stand eine blonde Frau, mit dem Rücken zu mir, die Sarah von hinten sehr ähnlich sah. Die Kleidung, die Frisur, die Figur.

»Entschuldige«, sagte ich zu Ken'ichi. »Ich hab da drüben gerade eine Bekannte entdeckt. Ich sag dir also hier schon mal tschüs.«

»Gib mir Bescheid, wenn du wieder ein neues Gerücht hörst!« meinte er und ließ mich allein.

Um das Gesicht dieser Frau sehen zu können, stakste ich unsicher näher. Ich war ziemlich stark abgelenkt von dem eigentümlichen Gefühl, über diesen dicken Teppich zu lavieren. Daher hatte ich den Jungen nicht bemerkt, bis mir etwas mit einem Bums vor die Hüfte prallte. Ich strauchelte und fing mich wieder. Als ich mich umdrehte, um zu sehen, was das eigentlich gewesen war, kullerte da ein kleiner ausländischer Junge über den Teppich. Ich nahm ihn bei den Händen und stellte ihn auf. Das Kind blickte mich an: »Sorry.«

In dem Moment, als ich dem Kind in die Augen sah, überfiel mich ein schreckliches Herzklopfen. Braune Haare hatte es, und dunkelbraune Augen. Ganz langsam stellte ich meinen Blick noch einmal scharf auf den Jungen ein und starrte ihn weiter an. »Keine Frage, das Kind von Sarah, das Kind von Yoshihiro!« flüsterte es in meinem Innern, wieder und wieder.

Solche Augen hatte ich sonst noch nirgendwo gesehen. Ein unerschrockenes, starkes Leuchten, Züge mit leicht spitz zulaufenden Lippen, so schmale Schultern, daß sie in einem Jackett versinken würden... – all diese Erinnerungen tauchten vor meinem geistigen Auge auf. Das muß ich Marië erzählen, dachte ich. Eher Marië als Vater oder Mutter. Mit knapper Not setzte ich ein Lächeln auf, so weich und zart wie nur möglich, ein Lächeln, das ich bisher noch für keinen meiner Liebhaber übrig gehabt hatte. Denn – diesen Jungen würde ich mit Sicherheit nie mehr wiedersehen.

»Alles in Ordnung?« fragte ich ihn. Er nickte mit einem kleinen Lächeln, drehte sich um und lief eilig davon. Und dort vorne, da stand...

Sarah!

Mir wurde klar, daß die Frau an der Rezeption, von der ich vorhin angenommen hatte, sie sei Sarah, jemand anders sein mußte. Denn Sarah hatte sich ziemlich verändert. Doch vorhin hatte dort ohne Zweifel die Sarah aus jenen Tagen gestanden.

Die Sarah, die mir mit viel Geduld die Aussprache von *refrigerator* beigebracht hatte. Die sich noch die Züge eines kleinen Mädchens bewahrt hatte. Sarah, etwas schüchtern und naiv.

Die Sarah von heute aber war perfekt mit einem blauen Kostüm bekleidet und trug ihr Haar kurz. Schmal und mit geradem Rücken stand sie neben einem großen Koffer, nah bei sich ein kleines blondes Mädchen. Der Junge lief zu ihnen rüber und redete ganz vertraut mit dem Mädchen. Wahrscheinlich seine kleine Schwester. Und dann ging ein solide wirkender junger Amerikaner, der gerade bezahlt hatte, auf Sarah und die Kinder zu. Ich bin jetzt fertig, schien er zu sagen.

In diesem Moment bemerkte mich Sarah.

Lange sah sie mich mit ihren tiefblauen Augen an. Zunächst blickten sie ganz verwundert und nahmen dann einen Ausdruck voller Liebe und Schmerz an. Sie blinzelte mehrmals, wie um sich zu vergewissern. Dann schien sie ihre Mundwinkel ein ganz klein wenig anzuheben.

Mir wurde alles klar. Der Grund, weshalb Sarah Marië und mich nicht treffen konnte, obwohl sie es eigentlich wollte. Der Grund, weshalb sie nicht mit uns sprechen konnte. Und auch, warum sie uns unbedingt anrufen mußte, wenn sie in Japan war. Und die Qualen, die jener junge Amerikaner und Sarah durchlebt hatten. Um ihr das zu zeigen, nickte ich ihr einmal deutlich zu und drehte mich um. Sicher würden sie jetzt bald mit den Kindern das Hotel verlassen, eine glückliche amerikanische Familie. Und sicher würde allein Sarah ein paarmal zu mir zurückblikken.

Als ich mich nach geraumer Zeit wieder umdrehte und feststellte, daß sie fort waren, verließen mich die Kräfte, und ich sank in eins der Sofas. Mir schwindelte. Immer noch spürte ich warm die Berührung der kleinen Hände, die ich in meinen gehalten hatte. Ich merkte, wie sich von dieser Stelle aus irgend etwas zu verändern begann.

Völlig hohl und leer war die Lobby ohne Sarah und ihre Familie, es kam mir vor, als sei in der Halle rein gar nichts mehr existent. Nur das Klirren der Tassen und die Schritte der Leute hallten weiter in endloser Einförmigkeit.

Irgendwie schaffte ich es nach Hause.

Als ich völlig erschöpft die Tür öffnete, war alles dunkel und totenstill. Mutter schien ausgegangen zu sein. Ich ging direkt ins Bad. Während ich mir langsam das Gesicht wusch, gab ich meinem Gegenüber im Spiegel das Ehrenwort, mein ganzes Leben lang keiner Menschenseele von dem zu erzählen, was ich gerade erlebt hatte. Hinter meinem Spiegelbild, dessen Konturen denen von Yoshihiro ähnelten, tauchten die dunkelbraunen Augen des Jungen auf. Ich hatte ihn nun mal gesehen, daran war nichts zu ändern. Zufall war das nicht gewesen. Mit voller Absicht war ich auf ihn zugegangen – ein Gedanke, der mich noch müder machte.

Auf dem Weg in mein Zimmer, wo ich mich umziehen wollte, kam ich am Wohnzimmer vorbei. »Shibami?« fragte eine Stimme. Der Schreck fuhr mir in die Glieder. Ich öffnete die Tür. Aus irgendeinem Grund hatte sich Mariё, ganz als ob sie immer noch hier wohnte, auf dem Sofa im Wohnzimmer zusammengerollt und öffnete gerade verschlafen die Augen.

»Was machst du denn hier?« Ich verstand rein gar nichts mehr.

»Na hör mal, du hast doch gestern abend gesagt, ich soll

tagsüber mal vorbeikommen, oder? Also, da bin ich. Und weil keiner da war... Uaah!« Mariё gähnte.

»Wieso hast du dich nicht im Gästezimmer hingelegt?« fragte ich. »Hier ist es doch bestimmt unbequem.« Zusammengerollt wie ein kleines Kind beim Mittagsschlaf lag Mariё da. »Hmm, dort war es so greeell...«

Da erinnerte ich mich, daß wir die Gardinen aus dem Gästezimmer in die Reinigung gegeben hatten. Mariës Stimme hörte sich an wie in Trance, als sei sie immer noch halb im Reich der Träume. Ihre müden Augen, die in weite Ferne zu blicken schienen, waren wunderschön. Ganz sanft und freundlich wollte ich zu ihr sein. »Da braut sich ganz schön was zusammen.« Ich ging zu dem Fenster, das Mariё gegenüber lag, und zog den Vorhang auf. Der Raum war plötzlich von einer diffusen Helligkeit erfüllt. Ich blickte hoch zu den Wolken. »Bald wird es wohl anfangen zu regnen oder schneien.«

Da sprang Mariё urplötzlich auf und stierte mich mit gerunzelter Stirn an. Ihre Augen wirkten wie die einer Schwachsinnigen. Eine schreckliche Angst überfiel mich.

»Was ist los? Was hast du?« Mir schien, daß Mariё meine eigene Angst vollständig in sich aufsog. Es war schon lange her, daß sie solch seltsame Zustände an den Tag gelegt hatte.

»Moment mal«, sagte sie und ergriff meine Hände, die vorhin das Kind berührt hatten. Dann schaute sie verdutzt zu mir hoch: »Du hast Yoshihiro getroffen?« Sie sprach leise, so unglaublich leise, daß ich es gerade noch verstehen konnte. Ich schauderte und stieß ihre Hände von mir, schüttelte sie regelrecht ab.

»N-nein«, brachte ich mit komischer Stimme eben noch hervor.

»Mensch, was red ich bloß! Klar, du hast ihn nicht getroffen. Im Aufwachen hab ich alles mit dem Traum durcheinander gebracht, den ich gerade hatte.« Marië rieb sich die Schläfen.

»Yoshihiro ist schon lange tot«, sagte ich.

»Ich weiß«, antwortete Marië wieder ganz normal. »Aber ich hab es geträumt, gerade eben. Im Traum sah ich, wie du Yoshihiro triffst und mit ihm redest. An einem irgendwie… hellen Ort, wie in einer Empfangshalle.«

»Ach«, meinte ich, ohne weiter darauf einzugehen. Genau in diesem Augenblick merkte ich, wie sich in meiner Brust ganz langsam etwas zu lösen begann.

»Sieh nur! Es hat ja wirklich angefangen zu regnen«, sagte Marië und blickte zum Fenster hinaus.

Der Himmel war düster. Ich hörte den Regen in dicken Tropfen auf die Stadt niederprasseln. Der dunkle, unglaublich schwere graue Himmel zog sich bis in weite Ferne. Ob die Maschine schon gestartet war? Oder ob sie sich gerade in der Abfertigungshalle unterhielten, die amerikanische Familie, die ich niemals wiedersehen würde? Im unaufhörlichen Geräuschpegel und grellen, sich auf dem weißen Bodenbelag spiegelnden Licht – der gleichen Szenerie wie damals, als wir Yoshihiro verabschiedet und auch wieder abgeholt hatten. Um es mir besser vorstellen zu können, kramte ich diese Szenen aus meinem Gedächtnis hervor.

»Heute abend wird es bestimmt schneien, Marië. Meine Mutter kann ja bei euch anrufen, dann bleibst du über Nacht.«

»Hm, soll ich?« meinte sie mit dem Rücken zu mir und schaute in den Regen hinaus. Leise verließ ich den Raum und schloß die Tür.

Da ich gerade mein Geld zurückbekommen hatte, spannte ich den Schirm auf und ging einkaufen.

An regnerischen Nachmittagen sind Kaufhäuser wundersam hell und warm, und ein feuchter Geruch hängt in der Luft. Ich ging in die Buchabteilung, kaufte jede Menge Bücher und dann noch ein paar CDs. Überall war es leer und ruhig, alle Abteilungen waren in bester Ordnung. Die Kundschaft war dünn gesät, und selbst das Verkaufspersonal wirkte unaufdringlich.

Weil ich immer noch Geld übrig hatte, ging ich nach einem Tee weiter, um mir ein Oberteil zu kaufen. Ich fand eins, das mir besonders gut gefiel, und war bester Dinge, als ich auf dem Weg zu den Aufzügen an der Wäscheabteilung vorbeikam. Marië schläft ja heute nacht bei uns, fiel mir plötzlich ein, und ich beschloß, ihr den Schlafanzug mitzubringen, der vorn in der Abteilung dekoriert war: Er war dunkelblau, gesteppt und sah wundervoll warm aus! Selbst wenn sie mitten in der Nacht plötzlich auf den Gedanken kommen sollte, sich einen Mantel überzuwerfen und loszuziehen, würde sie sich in diesem Ding nicht erkälten.

»Ist es ein Geschenk?« fragte die Verkäuferin.

»Ja«, antwortete ich, und sie band mir eine rote Schleife um das Pyjamapaket.

Marië schläft immer in so dünnen Sachen, daß es einen fröstelt. Mir fiel auf, daß ich so ein Bild von ihr hatte. Ja, wahrscheinlich wollte ich ihr deshalb diesen Schlafanzug schenken.

Bald nachdem Yoshihiro gestorben war, lief Mariё von zu Hause weg.

Das war jedoch bestimmt keine Rebellion dagegen, daß ihre Eltern, die ja mit ihrer Beziehung zu Yoshihiro nicht einverstanden gewesen waren, sie nun richtig dazu drängten, unter dem Vorwand einer »Blinddarmreizung« eine Woche mit der Arbeit zu pausieren. Und auch nicht gegen ihren egoistischen Wunsch, Mariё solle die Sache mit Yoshihiro einfach vergessen. »Ich war nur müde«, hatte Mariё mir später erzählt. Ich glaube, daß das stimmte. Sie hatte sich einfach nicht im geringsten in die Lage ihrer bedauernswerten Eltern versetzt. Damals hatte ich Angst davor, selbst ständig in Tränen auszubrechen, Angst davor, neben meinen in Trauer versunkenen Eltern noch jemanden trösten zu müssen. Deshalb hatte ich Mariё nicht besucht. Selbst als ich von ihrem Weglaufen hörte, hatte ich mir keine großen Sorgen gemacht... Nein, ich hatte einfach keine Kraft mehr gehabt, mich auch noch um sie zu kümmern.

Erst nachdem eine Woche vorübergegangen war und Mariёs Mutter schon wieder anrief, halb verrückt vor Angst, setzte ich mich in Bewegung. Denn ich ahnte, wo meine Cousine sein könnte.

Es war schon fast Frühling. Ein Nachmittag, an dem die Sonne warm schien und der Duft von Blumen in der Luft lag. Ohne Jacke stieg ich in den Zug.

Um sich heimlich treffen zu können, hatten Mariё und

Yoshihiro in der Nachbarstadt ein kleines Apartment gemietet. Sie kann eigentlich nur dort sein, dachte ich. – Und wenn sie tot ist? Das ging mir im Rattern des Zuges immer wieder durch den Kopf. Vor den Fenstern flog die frühlingsmilde Landschaft vorbei, auf den Gesichtern der Fahrgäste, die gedankenverloren vor sich hin blickten, lag ein friedlicher Ausdruck. Ob ich wohl sehr traurig sein würde, wenn ich zu spät käme und nur noch auf Mariës Leiche stoßen würde ...? Zarte Sonnenstrahlen durchzogen den schaukelnden Wagen. Nein, ich würde nicht traurig sein, jedenfalls nicht besonders. Das hatte ich damals gedacht. Warum, kann ich mir bis heute nicht erklären. Aber damals hatte ich wirklich so empfunden. Ich hatte alles ganz klar gesehen. Und ich meinte, Mariës Wahl – welche auch immer – verstehen zu können.

Aber – war das wirklich der Grund gewesen?

Ich sagte dem Hausmeister, daß ich die Schwester von Yoshihiro sei, ließ mir den Wohnungsschlüssel geben und fuhr mit dem kriechenden Fahrstuhl hoch. Ich klingelte, doch keiner kam zur Tür. Also schloß ich auf und ging hinein. Alle Jalousien waren geschlossen. Es war dunkel und ziemlich kalt. Die Eiseskälte, die in der Wohnung herrschte, kroch mir die Beine hoch. So schreckliche Angst hatte ich nie zuvor verspürt. Mit der festen Erwartung, auf Mariës Leiche zu stoßen, tastete ich mich Schritt für Schritt vorwärts. Bald hatten sich meine Augen an das Dunkel gewöhnt. Schließlich entdeckte ich sie in eine Wolldecke gewickelt.

Marië atmete. Ihr Atmen hörte sich ganz gesund an, Medikamente hatte sie also nicht genommen. Ich rüttelte sie wach. Unwillig rieb sie sich die Augen. Ich war schockiert, weil ihr Arm aus einem kurzärmeligen T-Shirt herausschaute. Bei genauem Hinsehen bemerkte ich, daß sie unter der Wolldecke nur Slip und T-Shirt anhatte, als würde sie mitten im Sommer in einem Ferienort ein Mittagsschläfchen halten.

»Bist du etwa in dem Aufzug hierher gekommen, Marië?« fragte ich. Sie brummelte ein »Nee« und deutete auf den Fußboden. Vom Mantel über den Pulli bis zu den Strümpfen – alles lag verstreut herum.

Danach verstummte sie und war völlig abwesend, wie unter Schock.

»Laß uns nach Hause gehen, Marië«, sagte ich. »Ich bitte Mutter, bei euch anzurufen. Wenn du willst, kannst du dich bei uns im Gästezimmer vergraben und allein sein. Du brauchst auch keinem die Tür aufzumachen.«

Marië antwortete nicht. Weil es zu dunkel war, konnte ich ihren Gesichtsausdruck nicht erkennen. Aber ihre völlige Gefühlskälte ließ mich schnell handeln. Ich zog ihr nur den Mantel über, raffte die anderen Kleidungsstücke zusammen und verließ mit ihr die Wohnung. Mit einem Taxi fuhren wir nach Hause. Unterwegs blickte sie ein paarmal zurück. Mit unbewegten Augen starrte sie in die Gegend, die wir hinter uns ließen. Wonach sie sich umsah, wußte ich nicht.

Marië bestand eigensinnig darauf, einige Zeit nicht nach Hause zurückzugehen. Deswegen und aufgrund der Überredungskünste meiner Mutter willigten ihre Eltern schließlich ein. Es wurde beschlossen, daß sie eine Weile bei uns im Gästezimmer wohnen sollte.

Ganz allein wickelte ich alle Formalitäten zur Auflösung der Wohnung in dem Apartmenthaus ab, von der nur wir drei – Yoshihiro, Marië und ich – gewußt hatten. Irgendwie schaffte ich es, alles zu verkaufen, obwohl nichts Besonderes darunter war, und kündigte auch korrekt den Mietvertrag. Da das Ganze heimlich vonstatten gehen mußte, kostete es mich ganz schön viel Mühe. Die beiden hatten die Wohnung noch nicht lange gemietet. Weil ich den Vertrag so plötzlich löste und weil Yoshihiro Löcher in die Wand gebohrt hatte, um Regale aufzuhängen, bekam ich zwar kaum etwas von der Kaution zurück, aber ich betrachtete den Betrag als Lohn für meine Mühe.

Mein Bruder war tot, Marië hatte sich bei uns zu Hause wieder beruhigt – es hätte also eigentlich egal sein können, wenn unsere Eltern jetzt von der Wohnung erfahren hätten. Aber ich wollte meiner Cousine nicht noch einmal die Eiseskälte jener Räume in Erinnerung rufen.

Vielleicht tat ich Buße dafür, daß ich mich damals schon mit ihrem Tod abgefunden hatte.

Als ich nach Hause kam, gab es gerade Abendessen. Ganz wie die Tochter des Hauses saß Marië zwischen Vater und Mutter am Tisch und sagte lächelnd: »Es ist spät geworden, nicht? Laßt uns essen!«

Ohne auf uns zu warten, hatte Vater schon angefangen. Der Raum war warm vom Kochen, und das Essen dampfte. Mutter packte den Topf fest an den Griffen und stellte ihn auf den Tisch. Gutgelaunt verkündete sie: »Hühnercurry – Mariës Lieblingsgericht!«

Ich setzte mich und gab meiner Cousine das große Paket mit der Schleife. »Hier, ein Geschenk für dich. Ich hatte Extraeinnahmen.« Vater klatschte grundlos in die Hände.

»Das ist ja wie Geburtstag!« Mariës Augen lächelten mir zu.

Der Regen wurde zu Schnee, der liegenblieb und sachte immer höher wuchs.

Mariё hatte gesagt, sie wolle bei mir im Zimmer übernachten. Aber dann hatten wir beschlossen, uns lieber ins Gästezimmer zu legen und vor dem Einschlafen noch Videospiele zu spielen.

Sie war in den warmen blauen Schlafanzug geschlüpft, den ich ihr geschenkt hatte, und saß auf dem Futon neben mir. Es war ganz dunkel im Zimmer, nur die Welt draußen vor dem Fenster wirkte hell im rieselnden Schnee. In den Nachrichten im Fernseher, dessen Flimmern auf unsere Decken fiel, wurde auch für die heutige Nacht starker Schneefall in Tokyo angekündigt.

»Letzten Winter hat es gar nicht geschneit«, sagte ich.

»Ach, tatsächlich? Ich war viel zu beschäftigt mit anderen Dingen, deshalb kann ich mich überhaupt nicht erinnern.« Mariё lachte. »Ein seltsames Jahr war das. Als ob ich alles nur geträumt hätte. Findest du, ich bin inzwischen wieder in Ordnung?«

Ich mußte lachen. »Sieht so aus, auf den ersten Blick jedenfalls!«

»Sag mal, was hatte er eigentlich an sich?« Mariё sprach von Yoshihiro.

»Er war bestimmt kein menschliches Wesen.« Ich meinte damit so einiges. An und für sich war Yoshihiro nur ein beeindruckender junger Mann gewesen. Doch durch sein so überaus unbeschwertes Leben und seinen so plötzlichen Tod hatte seine Existenz für uns eine seltsame Bedeutung gewonnen. »Wenn ich an Yoshihiro zurückdenke, an sein Lachen, seine Stimme, sein Gesicht im Schlaf, dann breitet sich in mir ein eigenartiges Gefühl aus, wie blendendes Licht. Ein Gefühl, das mich zweifeln läßt, ob er tatsächlich existiert hat. Und wenn doch, daß er dann wohl unersetzlich ist.«

»Das denkst du also auch?« fragte Mariё.

»Sarah bestimmt auch. Ich denke, alle, die mit ihm zu tun hatten«, sagte ich. Einen Moment lang überlegte ich ernsthaft, wer von den beiden wohl die Siegerin war, Mariё oder Sarah. Aber ich konnte keinen Unterschied feststellen. Beide waren durch Yoshihiro an einen Ort gelangt, den sie sich nicht hatten vorstellen können.

»Warum bin ich jetzt hier? In diesem einen Jahr habe ich wirklich oft darüber nachgedacht«, sagte Mariё.

»Schon seit dem Tag, an dem ich mich am Flughafen in Yoshihiro verliebt habe, seit ich mir dessen bewußt geworden bin, befinde ich mich hier. Mit leeren Händen stehe ich nun an diesem Ort, aus eigener Kraft muß ich vorwärts gehen in der Tiefe der Nacht. Womit ich anfangen soll, das beginne ich allmählich zu begreifen, aber da ist nichts. Wer war Yoshihiro eigentlich? Nein, solche Gedanken haben keinen Sinn! – Als ich soweit war, bin ich endlich ein bißchen ruhiger geworden und konnte wieder schlafen.«

Unwillkürlich dachte ich an Sarah zurück, die ich vorhin gesehen hatte, und an die Szene mit ihrem Sohn, der die Züge trug, nach denen ich mich so sehr sehnte, daß ich

Gänsehaut bekam. Und an dieses eine Jahr, in dem ich eine melancholische Marië erlebt hatte, still wie ein Schatten, und auch an mich selbst, die ich ganz in ihrer Nähe eine eigentümliche Zeit durchlebt hatte.

Ich mummelte mich ins Bettzeug und sagte: »Das letzte Jahr war ganz schön seltsam für uns, nicht, Marië? Raum und Zeit waren anders als sonst, anders als im Fluß unseres übrigen Lebens. Abgeschottet waren wir, ganz still war es um uns. Wenn wir später einmal auf diese Zeit zurückblikken, wird sie uns sicher wie ein einziges Gebilde von unverwechselbarer Farbe vorkommen.«

»Ganz bestimmt!« Auch Marië schlüpfte unter die Decke. Auf dem Bauch liegend, zog sie einen Arm unter dem aufgestützten Kinn hervor und zeigte mir den Ärmel ihres Schlafanzugs. »Und zwar von diesem tiefen Blau! Wie die Farbe der Nacht, die alles in sich konzentriert, die Augen, Ohren und Mund, die einfach alles umschließt.«

Es schneite ohne Ende. Wir wandten uns wieder dem Bildschirm zu, spielten ganz versunken weiter Videogames und schliefen irgendwann darüber ein.

Als ich hochschreckte und die Augen aufschlug, sah ich Marië neben mir liegen, das Gesicht im Schein der Bildröhre. Halb hing sie aus ihrem Futon heraus und hielt mit einer Hand den *joystick* fest. Als habe sie ihre Seele ausgehaucht auf halbem Weg zum Ziel. Im tiefen Brummton des laufenden Videospiels hörte ich ihren leisen Atem.

Im Schlaf wirkte Mariës Gesicht seltsam. Verweint und vor Einsamkeit ganz unschuldig. Und um keinen Deut anders als vor diesem Jahr, oder als in ihrer Kindheit.

Ich deckte sie zu und schaltete den Fernseher aus. Es

wurde stockfinster. Draußen vor dem Fenster fiel dicht der Schnee. Schwach drang sein sanftes helles Leuchten durch einen Spalt im Vorhang herein.

»Gute Nacht!« murmelte ich und schlüpfte unter die Decke.

Eine geheimnisvolle Erfahrung

In der Nacht glänzen im Garten die Bäume. Im Schein der Lichter treten das glitzernde Grün der Blätter und das dunkle Braun der Stämme ganz deutlich hervor.

Das ist mir erst aufgefallen, seit ich in letzter Zeit so viel trinke. Jedesmal, wenn ich dieses Bild mit alkoholverhangenem Blick betrachte, bin ich derart berührt von seiner Reinheit, daß mir alles egal wird und es mir nichts ausmachen würde, alles zu verlieren.

Mit Resignation oder totaler Verzweiflung hat diese Stimmung nichts zu tun, vielmehr ruft sie eine stille, aufrichtige Ergriffenheit in mir hervor, der ich mich einfach überlassen muß.

So oder ähnlich sehen neuerdings meine allabendlichen Gute-Nacht-Gedanken aus.

Ich trinke wirklich zuviel, deshalb nehme ich mir immer wieder vor, mich mit dem Alkohol zurückzuhalten. Mittags bin ich noch fest entschlossen, abends nur ganz wenig zu trinken; wenn der Abend dann aber gekommen ist und ich ihn mit einem Glas Bier einläute, geht plötzlich alles ganz schnell. Nur noch ein bißchen, und du hast die nötige Bettschwere, denke ich, und schon mixe ich mir ein Glas Gin Tonic. Je später der Abend, desto größer wird der Ginanteil, und um so stärker der Drink. Und während ich mir geräuschvoll die ich weiß nicht wievielte Handvoll buttriges Popcorn mit Sojasaucen-Geschmack in den Mund stopfe, das beste Knabberzeug, das in der Amtszeit von Kaiser Hirohito erfunden wurde, denke ich: Mist, heute abend hast du also auch wieder nach dem üblichen Schema F gesoffen. Nicht so viel, daß ich Schuldgefühle deswegen hätte, aber manchmal bin ich doch etwas geschockt, wenn plötzlich wieder die ganze Flasche von irgendeinem Zeug leer ist.

Erst, wenn ich betrunken ins Bett stolpere und sich alles dreht um mich herum, dringt dieser wohlige Gesang an mein Ohr.

Anfangs hab ich gedacht, es sei mein Kissen, das da so schön singt. Ich kann mir nämlich durchaus vorstellen, daß ein Kissen, das sich jederzeit so sanft und liebevoll an meine Wangen schmiegt, sicher auch in der Lage wäre, solch eine klare Stimme erklingen zu lassen. Da ich sie aber nur dann hören kann, wenn ich die Augen schließe, hab ich sie einfach für einen angenehmen Traum gehalten. Allerdings bin ich in diesen Momenten nie bei so vollem Bewußtsein, daß ich eingehender darüber nachdenken könnte.

Die Stimme ist leise und lieblich. Es kommt mir so vor, als würde sie mit ihrem wiegenden Auf und Ab meine Seele genau dort massieren, wo sie besonders verhärtet ist, und all meine Verspannungen lösen. Sie erinnert mich an das Rauschen der Wellen. Und an das Lachen von Menschen, denen ich irgendwann einmal irgendwo begegnet bin, mit denen ich mich angefreundet und die ich dann wieder aus den Augen verloren habe; an die warmen Worte, die diese Menschen mir geschenkt haben; an das Miauen meiner entlaufenen Katze; an einen fernen, schon nicht mehr existierenden Ort, an den ich sehnsüchtig zurückdenke, mit all seinen Geräuschen; an das Rauschen der Bäume. Das alles braust mir in den Ohren, und gleichzeitig steigt mir der Duft von frischem und blühendem Grün in die Nase, der Duft einer Reise, die ich irgendwann einmal irgendwohin unternommen habe... – Eine Stimme, die irgendwie alles in sich vereint.

Auch diese Nacht kann ich sie hören.

Ein leises Lied aus der Ferne, sinnlicher als das eines Engels und reiner noch. Ich will mir unbedingt die Melodie merken und lausche ihr angestrengt mit dem wenigen Bewußtsein, das ich noch habe. Schließlich aber entschlummere ich sanft, die glückselige Melodie verschmilzt mit meinem Traum und verklingt.

Vor langer Zeit habe ich mich einmal in einen eigenartigen Mann verliebt und einen Part in einer seltsamen Dreierbeziehung gespielt. Er war ein Bekannter meines jetzigen Freundes und einer von denen, die Frauen kurz, aber leidenschaftlich lieben. Wenn ich jetzt darüber nachdenke, war er nichts weiter als ein etwas verrückter Typ, der gut drauf war, damals jedoch war ich noch unerfahren und total verknallt in ihn. Heute kann ich mich kaum mehr an ihn erinnern. Obwohl wir wer weiß wie oft miteinander geschlafen haben, kann ich mir sein Gesicht einfach nicht ins Gedächtnis zurückrufen, denn ich habe es mir eigentlich niemals in Ruhe angesehen.

Eine absolut schreckliche Frau namens Haru ist komischerweise das einzige, woran ich mich bestens erinnere.

Haru und ich hatten uns offenbar gleichzeitig in ihn verliebt. In seiner Wohnung liefen wir uns immer mal wieder über den Weg, gewöhnten uns von Mal zu Mal mehr an das Gesicht der anderen, und am Ende lief es dann mehr oder weniger darauf hinaus, daß wir zu dritt zusammenlebten. Haru war drei Jahre älter als ich und jobbte, ich war Studentin.

Natürlich haßten wir uns. Wir beschimpften uns, und manchmal wurden wir sogar handgreiflich, lieferten uns regelrechte Kämpfe. Niemals habe ich mit jemandem so hautnah zu tun gehabt, und niemals habe ich jemandem eine solche Abneigung entgegengebracht. Haru war das einzige, was meiner Liebe im Wege stand. Wenn sie bloß tot wäre, habe ich mir unzählige Male allen Ernstes gewünscht. Und ihr wird es ähnlich gegangen sein.

Der Typ hatte schließlich genug von dem Theater und ist eines Tages abgehauen. Das war das Ende unserer Liebe, aber auch das Ende mit Haru. Ich bin in der Stadt geblieben, und Haru ist weggegangen, nach Paris oder so. Das habe ich zumindest gehört.

Es war das letzte, was ich von ihr mitbekam.

Warum ich auf einmal so eine Sehnsucht nach Haru entwickele, kann ich mir selbst nicht erklären. Ich habe weder das besondere Bedürfnis, sie zu treffen, noch ein ausgesprochenes Interesse daran, zu erfahren, wie es ihr geht. Wenn ich heute zurückblicke, hat jene Zeit nur blasse und schemenhafte Erinnerungsbilder, aber keinen nachhaltigen Eindruck bei mir hinterlassen – vielleicht gerade weil sie so voller Leidenschaft war.

Wahrscheinlich treibt Haru sich jetzt in Paris wie ein

Groupie mit irgendwelchen Künstlern herum, vielleicht hat sie aber auch mit etwas Glück einen alten Knacker gefunden, der sie aushält, und führt ein wunderbares Leben. Sie gehörte zu dieser Sorte Frau. Sie war mager wie ein abgenagter Hühnerknochen, hatte eine hektische Art zu sprechen, ein leises Stimmchen, und sie trug ausschließlich schwarze Klamotten. Ihre Lippen waren schmal, sie zog dauernd die Augenbrauen zusammen und nörgelte unaufhörlich herum, aber wenn sie lachte, wirkte sie fast wie ein kleines Mädchen.

Wenn ich mich an ihr lachendes Gesicht erinnere, werde ich irgendwie ganz melancholisch.

Das Aufwachen ist übrigens immer das schlimmste, wenn ich so viel Alkohol getrunken habe und dann eingeschlafen bin.

Ein Gefühl, als hätte mich der Alkohol windelweich geprügelt oder als hätte man mich zur inneren und äußeren Anwendung in eine mit heißem Sake gefüllte Wanne getaucht. Mein Mund ist völlig ausgedörrt, und es will mir nicht einmal mehr gelingen, mich noch für eine Weile im Bett hin und her zu wälzen.

Aber auch aufzustehen und mir die Zähne zu putzen oder zu duschen erscheint mir absolut unvorstellbar. Nicht zu glauben, daß ich das sonst ganz selbstverständlich mache.

Die unerbittlichen Strahlen der Sonne dringen in meinen Kopf.

Ich bin nicht einmal mehr dazu in der Lage, die Symptome meines Leidens aufzuzählen. Das allein reicht schon, um mir die Tränen in die Augen zu treiben. Ich weiß nicht, was ich tun kann, um mich aus dieser Lage zu befreien.

So oder ähnlich beginne ich neuerdings den Morgen.

Ich überlasse mich meinem Schicksal, gleite vorsichtig aus dem Bett, quäle mich hoch, und während ich mir den Brummschädel halte, der ganz von allein nach links und rechts kippt, mache ich mir erst mal einen schwarzen Tee.

Warum nur ist die Nacht immer so locker, flockig, süß und dehnt sich wie ein Gummiband endlos in die Länge? Und warum ist dann der Morgen immer so gnadenlos, grausam und grell? Die Sonnenstrahlen wirken irgendwie bedrohlich. Sie sind hart, farblos und aufdringlich. Ekelhaft.

Zu allem Überfluß klingelt auch noch das Telefon, ohne die geringste Rücksicht darauf zu nehmen, woran ich gerade denke oder ob ich womöglich unglücklich bin. Ein grauenhafter Ton. Er schrillt mir laut in den Ohren und nervt, deshalb sage ich betont gut gelaunt: »Hallo?«

»Du klingst aber munter«, meldet sich Mizuo fröhlich. Mizuo ist mein Freund, und er hat sowohl den besagten Typen als auch Haru gekannt. Die beiden sind von der Bildfläche verschwunden, und nur er und ich sind zurückgeblieben.

»Überhaupt nicht. Ich habe einen Kater, und mir brummt der Schädel.«

»Schon wieder?!«

»Du hast doch frei heute, oder? Kommst du vorbei?«

»Klar, ich bin gleich da«, antwortet er und legt auf.

Mizuo ist Besitzer eines Haushaltswarenladens, deshalb fällt der Ruhetag für ihn auf einen Werktag. Bis vor kurzem habe ich in einem Laden wie dem von Mizuo gearbeitet, aber der ist pleite gegangen. Für uns ist es beschlossene Sache, daß ich in der Zweigstelle arbeiten werde, die Mizuo in einem benachbarten Stadtteil aufmacht, und ich warte jetzt auf die Eröffnung. In einem halben Jahr wird es soweit sein.

Manchmal betrachtet Mizuo mich auf eine Art, als würde er eines seiner Schüsselchen betrachten. Als wollte er sagen: »Das Blumenmuster stört. – Der Preis könnte höher sein, wenn nur der kleine Fehler da nicht wäre. – Dieses Dekor sieht zwar billig aus, aber es spricht die Leute an.«

Es ist ein kalter und strenger Blick, der mich überrascht, und wenn ich ihn bemerke, halte ich den Atem an. Doch selbst dann kommt es mir so vor, als würde er meine veränderte Stimmung wie irgendein Muster betrachten.

Nachmittags kommt er mit Blumen vorbei.

Wir essen Sandwiches und Salat und machen es uns gemütlich. Noch immer bin ich aufgrund meiner Verfassung ans Bett gefesselt, und jedesmal, wenn wir uns küssen, sagt er lachend: »Du hast eine unglaubliche Fahne! Womöglich steckst du mich noch an mit deinem Kater.«

Sein lachendes Gesicht scheint den Duft von Blumen zu verströmen, den weißer Lilien, um genau zu sein.

Der Winter will jetzt wohl langsam enden. Drinnen im Zimmer ist es zwar heimelig, aber ich habe den Eindruck, als sei es draußen vor dem Fenster schrecklich trocken. Man könnte meinen, der Wind schabt am Himmel entlang und bringt ihn zum Quietschen.

Bestimmt, weil es hier im Zimmer so gemütlich und vermutlich auch viel zu warm ist, denke ich.

»Ach ja, übrigens«, sage ich. Bei »gemütlich« und »warm« ist es mir wieder eingefallen. »Jedesmal, wenn ich mich in letzter Zeit schlafen lege, habe ich so eine Art Traum, der immer gleich ist. Ich habe wirklich Angst, daß es sich um ein erstes Anzeichen von Halluzinationen handeln könnte. Aber ob Halluzinationen so schön sein können? Oder ist das wohl bei Alkoholismus in diesem Stadium immer so?«

»Quatsch!« sagt Mizuo. »Im Moment scheinst du zwar irgendwie zur Abhängigkeit zu neigen, aber du trinkst doch nur deshalb ein bißchen zuviel, weil du gerade nichts zu tun hast. Wenn du erst angefangen hast zu arbeiten, wird wieder alles beim alten sein. Aber jetzt kannst du dich ruhig ein bißchen gehen lassen. – Was für ein Traum ist es eigentlich?«

»Wenn man es überhaupt ›Traum‹ nennen kann.« Endlich komme ich in eine Stimmung, die mich meinen Schmerz und meine trübe Katerlaune allmählich vergessen läßt, und ich versuche angestrengt, mir jenes Glücksgefühl noch einmal zu vergegenwärtigen. »Also ... ich falle betrunken ins Bett. Und dann scheine ich von etwas aufgesogen zu werden, ein Gefühl, als würde ich mit geschlossenen Augen durch eine Gegend streifen, nach der ich heftige Sehnsucht verspüre. Ein angenehmer Geruch liegt in der Luft, und ich fühle mich geborgen. Jedesmal ist dann ganz leise dasselbe Lied zu hören. Die Stimme ist so lieblich, daß mir die Tränen kommen. Vielleicht ist es aber auch gar kein Lied. Wie dem auch sei, es ist jedenfalls irgendwie eine Melodie, und sie wird leise, wie von Ferne und voller Glückseligkeit gesungen. Ja, es ist immer dieselbe Melodie.«

»O-oh... das scheint mir aber doch gefährlich zu sein! Deutliche Anzeichen von Alkoholismus!«

»Wie?« Als ich überrascht die Augenbrauen zusammenziehe, sagt Mizuo lachend: »Unsinn! Ehrlich gesagt habe ich so was schon mal gehört. Eine ganz ähnliche Geschichte. Es könnte bedeuten, daß dir irgend jemand etwas sagen möchte.«

»Irgend jemand? Wer?«

»Wer schon! Irgendein Verstorbener natürlich! Gibt es nicht so jemanden? In deinem Bekanntenkreis?«

Eine Weile denke ich angestrengt darüber nach, aber fürs erste fällt mir niemand ein. Ich schüttele den Kopf.

»Wenn ein Verstorbener jemandem, dem er im Leben nahegestanden hat, etwas mitteilen möchte, dann übermittelt er es auf diese Art, und... Na klar! Weil man beim Einschlafen oder wenn man betrunken ist, eine andere Bewußtseinsstufe erreicht, bieten sich diese Momente regelrecht dazu an. Das habe ich zumindest mal gehört.«

Mir läuft plötzlich ein Schauer über den Rücken, und ich ziehe die Decke bis über die Schultern.

»Aber dann müßte es doch auf jeden Fall ein Bekannter sein, oder?« frage ich. Die Vorstellung, daß mir irgendein unbekannter Toter die Ohren vollsingt, finde ich nämlich schrecklich, ganz egal, wie glücklich mich das auch macht.

»Ja, schon, aber... Sag mal, könnte das nicht Haru sein?« meint Mizuo.

Mizuo hat wirklich einen guten Instinkt. Ich bin total verblüfft, aber mein erster Gedanke ist: Ja klar, das könnte sein. Noch ist das zwar nur so ein Gefühl, aber eigentlich bin ich schon fast davon überzeugt. In letzter Zeit sind mir nämlich immer wieder Erinnerungen an Haru durch den Kopf gegeistert, Erinnerungen an Haru, von der ich so lange nichts mehr gehört habe.

»Versuch doch mal, was rauszukriegen!«

»Ja, genau... Ich könnte ja mal ein paar Freunde fragen«, sage ich. Er nickt.

Egal, was Mizuo zu hören kriegt, niemals tut er etwas einfach so ab. Das liegt wahrscheinlich an seiner guten Kinderstube. Allerdings käme wohl niemand auf die Idee, daß sich hinter seinem Vornamen »Mizuo« eine tiefere Bedeutung verbirgt. Seiner Mutter war nämlich in ihrer Jugend keine andere Wahl geblieben, als ein Kind, mit dem sie damals schwanger war, abtreiben zu lassen. Deshalb hat sie in den Namen »Mizuo« den Wunsch gelegt: »Möge das Glück, das dem abgetriebenen Kind vergönnt gewesen wäre, auf dich übergehen und dir zu doppeltem Glück verhelfen.«*

Ist es etwa normal, seinem Kind einen solchen Namen zu geben?

Das Zimmer ist vom süßlichen Duft der weißen Rosen erfüllt, die Mizuo mitgebracht hat. Bei diesem Duft werde ich womöglich heute nacht sogar einschlafen können, ohne etwas zu trinken. Wieder küssen wir uns und halten uns fest umschlungen.

»Haru ist tot.«

Tatsächlich. Ich zucke zusammen, als man mir das so platt und unvermittelt mitteilt.

* *Mizugo*, Wasserkind, ist die japanische Bezeichnung für abgetriebene Kinder. Der Name *Mizuo*, Wassermann, spielt hier darauf an. (A. d. Ü.)

Von Mizuo hatte ich erfahren, daß ein gemeinsamer Bekannter von Haru, unserem damaligen Liebhaber und mir derzeit in diesem Nachtcafé hier jobbt, und da ich von ihm irgend etwas zu erfahren hoffte, bin ich extra hergefahren – und zwar mit dem Taxi! Und das soll nun alles gewesen sein? Da hätte ja wohl auch ein Anruf genügt! Ich sehe ihm tief in die Augen und stelle fest, daß ihm nicht nach Scherzen zumute ist. Mit schwermütigem Blick steht er in seiner Kellnermontur hinter dem Tresen des überfüllten Cafés und trocknet die Teller ab.

»Ist sie im Ausland gestorben? Woran? An Aids?« frage ich.

»Nein, am Alkohol! Es war der Alkohol!« sagt er schwach, und mir läuft es zweimal eiskalt den Rücken runter. Einen Augenblick lang denke ich, daß auch mir dieses Schicksal bestimmt sein könnte.

»In der Wohnung des Alten, der sie ausgehalten hat, ist sie völlig dem Alkohol verfallen. Mehrmals hat man sie zum Entzug in eine Spezialklinik eingewiesen, und zum Schluß muß sie vollkommen durchgeknallt gewesen sein. Ein Freund von mir, der aus Paris zurückgekommen ist, hat das wiederum von einem guten Bekannten gehört.«

»... Aha.«

Ich kippe meinen Kaffee in einem Zug herunter und nicke schwach, als müßte ich mich seines Geschmacks versichern.

»Ihr konntet euch doch gar nicht ausstehen! Wieso auf einmal dieses Interesse, ausgerechnet jetzt?«

»Wie heißt es so schön: Wir sind uns in einem früheren Leben einmal begegnet ... Quatsch, ich hab einfach lange nichts mehr von ihr gehört und war nur neugierig, was sie so macht. Mir geht's nämlich gerade total gut, ich bin jetzt mit Mizuo zusammen.«

»Verstehe.«

Damals, als ich mit Haru und dem besagten Mann gewissermaßen zu dritt zusammenlebte, arbeitete er als Barkeeper. Ich ging oft in seinen Laden, um dort abzuhängen und ihn betrunken vollzuquatschen. Mit ihm konnte man ohne Hemmungen über alles mögliche reden, denn er hatte schon immer ein offenes Ohr für die Probleme anderer. Ich starre ihn an und bemerke, wie sich seine Silhouette gegen das schwache Licht des Cafés abhebt. Bei diesem Anblick erinnere ich mich plötzlich genau an die Atmosphäre jener Tage: dumpf und schwelend – ohne Morgen. Auf diese Stimmung, die da gerade wieder in mir aufflackert, möchte ich mich nie wieder mit Herz und Seele einlassen, aber sie macht mich doch seltsam sentimental.

»Hm, dann ist Haru also gar nicht mehr unter uns...«

Mein alter Freund auf der anderen Seite des Tresens nickt.

Ich gehe nach Hause und trinke ganz für mich allein auf Harus Wohl. Heute nacht lasse ich mich völlig gehen und besaufe mich hemmungslos – ich finde, das ist mein gutes Recht. Und heute nacht taucht auch nicht, monoton wie ein Fernsehbild, der Eiffelturm vor meinem geistigen Auge auf, wie sonst immer, wenn ich irgendwie an Haru denke. Statt dessen breitet sich Harus Gefühlswelt vor mir aus: Sie muß irgendwann von ihrem Weg, der sie so übermäßig viel Energie gekostet hat, abgekommen und dem Alkohol bedingungslos verfallen sein. Nachdem unser Lover uns verlassen hatte, hat Haru wohl nicht wieder zu sich selbst gefunden, und ich kann sie gut verstehen. Denn für uns war es eine Liebe, die alles von uns forderte, was wir zu geben hatten. Natürlich übte auch der Typ einen enormen Reiz auf uns aus, aber wir haben die Situation eigentlich nur deshalb so lange ertragen können, weil ich Haru hatte und Haru mich. Es kam nämlich häufig vor, daß er sich mit einer von uns verabredete, während er gleichzeitig die andere zu sich nach Hause bestellt hatte. Ob ihm das nun Spaß machte oder ob diese Beziehung auch ihn bedrückte, wer weiß. Gegen Ende jedenfalls bestellte er Haru und mich gelegentlich sogar zusammen in seine Wohnung, überließ uns dort uns selbst und ließ sich einfach die ganze Nacht nicht blicken.

Ich bin von Natur aus ungeschickt. Kochen, flicken – und sei das Loch auch noch so klein –, Pakete schnüren oder einen Pappkarton falten, all das gelingt mir mehr schlecht als recht. Haru hingegen war stolz auf solche Fähigkeiten, und jedesmal, wenn es sich ergab, beschimpfte sie mich ungeniert. »Ganz schön blöd!«, oder: »Jetzt würde ich gerne mal das Gesicht deiner Eltern sehen!«, sagte sie dann. Im Gegenzug machte es mir auch nichts aus, Haru darauf hinzuweisen, daß sie keinen Busen hatte und einen fürchterlichen Geschmack bei der Auswahl ihrer Klamotten. Unser Lover stellte unsere Stärken zwar lobend heraus, schreckte aber genausowenig davor zurück, Salz in offene Wunden zu streuen und unsere Schwächen aufzuzeigen. Das hat unsere Komplexe wahrscheinlich noch verstärkt.

»Du kannst wirklich beschissen schlecht kochen! Das sieht echt zum Kotzen aus! Buaah, dagegen ist *Maggis Hüttensnack* ja noch appetitlich!«

Haru sagte das eines Abends zu mir, als ich gerade dabei war, ein chinesisches Eintopfgericht zuzubereiten. Unser Schätzchen hatte sich mittags vor mir verdrückt und sich mit Haru getroffen, deshalb war ich ziemlich mies gelaunt.

»Und so was muß ich mir nun ausgerechnet von einer Schlampe sagen lassen, die sich so schlecht anzieht wie du! Ganz schön dreist, echt! Es sollte verboten werden, daß Frauen, die so platt sind wie ein Brett, schwarze Strickklamotten tragen!«

Harus Ellbogen traf mich mit voller Wucht in den Rükken, während ich noch damit beschäftigt war, das Gemüse anzubraten. Es hätte nicht viel gefehlt, und ich wäre mit meiner Hand genau im Topf gelandet.

»Ey, was soll das?« schrie ich. Doch meine Stimme wurde vom durchdringenden Lärm des aufzischenden Öls und von den feuchtwarmen Schwaden der Küchendünste verschluckt, so daß nur ein klägliches Jaulen zu hören war.

»Meine Klamotten gehen dich gar nichts an!« sagte Haru.

»Wo du recht hast, hast du recht!«

Ich stellte die Flamme ab. Im Zimmer wurde es still, und plötzlich kehrte auch zwischen uns beiden Ruhe ein. Wir teilten uns den Körper eines miesen, exzentrischen Typen, der sein Leben anscheinend nur so lebte, wie es ihm gerade paßte, und der alles mitnahm, was sich ihm bot, wußten aber damals schon nicht mehr, ob das Ganze überhaupt noch normal war oder eher krankhaft – allein, daß wir ohne Einladung einfach seine Wohnung okkupierten, noch dazu zu zweit! Harus düstere Sprüche und ihr hysterisch abgezehrter Körper machten mich ganz kribbelig. Ihre bloße Anwesenheit erweckte in mir den Wunsch, ihr wie einem Huhn den Hals umzudrehen.

»Warum machen wir das eigentlich alles mit?« hatte Haru damals seltsam gedankenverloren gefragt. »Außer uns gibt es schließlich auch noch andere Frauen, die sich für ihn interessieren. Trotzdem hängen wir beide, du und ich, hier alleine rum. Dabei läßt er sich nicht einmal mehr blicken!«

»Tja, so ist das Leben!«

»Mich macht das fast wahnsinnig. Ich bin total nervös.«

»Was du nicht sagst! Aber da es nun mal so ist, werden wir uns wohl oder übel damit abfinden müssen!«

Ich konnte Harus primitive Gedanken und ihre Art, alles düster zu sehen, einfach nicht mehr ertragen. Grauenvoll, es widerte mich an.

»Was ist eigentlich mit dir? Willst du ihn wirklich?« fragte mich Haru vorwurfsvoll.

»Ja«, antwortete ich. »Und deshalb lebe ich mit so einer wie dir zusammen! Mit so einer blöden Kuh wie dir!«

Das war wohl genau der Satz zuviel, und noch bevor ich ihn zu Ende gesprochen hatte, machte es »Klatsch!«. Sie hatte mir mit der flachen Hand ins Gesicht geschlagen.

Im ersten Moment wußte ich gar nicht, wie mir geschah, und guckte bloß dumm aus der Wäsche, aber dann, als ich bemerkte, daß meine rechte Wange heißer und heißer wurde, richtete ich mich auf und sagte: »Du hast mir die Laune gründlich verdorben – ich gehe! Bitte sehr, schlaf doch mit ihm! Das heißt, wenn er überhaupt noch mal nach Hause kommt.«

Ich nahm meine Tasche und ging in Richtung Tür, Haru starrte mir hinterher. Ihre Augen waren so weit aufgerissen und glänzten so ernst, daß ich wirklich damit rechnete, sie würde sagen: »Warte, bleib doch!«

Genauso sah sie mich an. Aber es hätte lächerlich geklungen, und da hat sie wohl lieber geschwiegen. Ihre Augen sagten nicht »Verzeih mir!«, sondern »Geh nicht!«.

Ihr langes Haar verdeckte die Hälfte ihres kleinen bleichen, mit billigem Make-up geschminkten Gesichts. So aus der Ferne betrachtet ist sie eigentlich ganz hübsch, so zerbrechlich, dachte ich, während ich die Tür hinter mir zuzog.

Wenn ich mir vorstellte, daß auch andere Frauen, die ich kannte, mit unserem Typen schliefen, bekam ich Sodbrennen und verspürte eine unglaubliche Wut. Nur bei Haru war das nicht mehr so. Es war tatsächlich schon vorgekommen, daß die beiden angefangen hatten rumzumachen, als wir zu dritt in einem Bett schliefen, aber das hatte mir nicht besonders viel ausgemacht. Jede andere Frau hätte ich wahrscheinlich auf der Stelle umgebracht.

Denn in bezug auf Haru – und nur auf sie – konnte ich ihn nachher sogar irgendwie verstehen.

Natürlich nur was die Hülle betraf, nicht den Inhalt.

Ihrem Wesen nach mochte Haru vielleicht ein schreckliches, hysterisches, verrücktes Weib gewesen sein, doch ihr Äußeres hatte das gewisse Etwas. Sie vermittelte die flüchtige Vorstellung von der Frau schlechthin...: Die sich sanft unter der Unterwäsche abzeichnende Silhouette, ihre von den langen Haaren stellenweise verdeckten, schmalen Schultern, am Schlüsselbein die geheimnisvollen Mulden und am Dekolleté die unschuldigen, kaum wahrnehmbaren Kurven … Ein ganzes Bündel von Idealvorstellungen, das zudem noch in ständiger Bewegung schien, vage und unsicher – lebendig. Ja, Haru besaß das gewisse Etwas – so viel ist sicher.

Auch heute nacht glitzern und funkeln die Bäume draußen vor dem Fenster wieder um die Wette. Diese wunderschöne Szenerie scheint in einem ungewöhnlichen Winkel spitz zuzulaufen. Sie wirkt aber nicht besonders bedrohlich, nein, durch den Lichteinfall wirkt sie eher lieblich und nett.

Vermutlich, weil ich betrunken bin.

Ich lösche das Licht. Im Dunkeln heben sich die Gegenstände in meinem Zimmer auf einmal viel schärfer ab als bei Licht.

Deutlich höre ich, wie mein Atem geht und mein Herz pocht.

Ich ziehe die Steppdecke hoch und lasse meinen Kopf tief ins Kissen sinken – und schon kann ich sie wieder hören, die Stimme.

Ihr reiner, engelsgleicher Klang, die sanfte Melancholie und die ergreifende Melodie lassen mein Herz höher schlagen. Sie klingt mal nah, mal fern, wie das Rauschen der Wellen, und fließt wehmütig dahin … Haru, willst du mir etwas sagen?

Um zu erlauschen, was sie mir erzählen will, spitze ich mit aller Kraft die Ohren meines Herzens, die sich zwar taub stellen, aber dennoch wie wild rotieren – nichts, nicht das leiseste Zeichen von Haru. Nur diese wunderschöne Melodie bohrt sich weiter in mein Herz. Hinter ihren wundervollen Klängen liegt womöglich Harus Lachen. Oder schreit sie etwa mit haßerfüllter und zeternder Stimme, ihr Glück und mein Tod wären nur zwei Seiten derselben Medaille? – Egal, was dahintersteckt, ich will es hören, unbedingt.

Ich will wissen, was Haru mir mitzuteilen hat. Meine Stirn beginnt zu schmerzen, so sehr konzentriere ich mich darauf, doch am Ende macht sich nur meine Müdigkeit hinter den Klängen bemerkbar und überspült mich mit Wogen des Schlafes. Wie ein Gute-Nacht-Gebet murmele ich noch ein paar entschuldigende Worte vor mich hin: »Haru, ich weiß, es ist blöd. Aber ich kann dich einfach nicht hören! Tut mir leid. Schlaf gut!«

»Du hattest recht, Haru ist tot!« sage ich. Mizuo ist nicht besonders überrascht.

»Aha, dann ist es also wahr?« sagt er nur und sieht wieder zum Fenster hinaus.

Der Blick auf die Nacht ist wirklich umwerfend.

Wir sind hier zwar nur in der dreizehnten Etage, aber die Aussicht ist einfach großartig! Ich hatte ihm vorgeschlagen: Laß uns doch mal wieder auswärts essen gehen – aber so richtig, auf gehobenem Niveau. Daraufhin hatte Mizuo mich gefragt: Was meinst du mit »gehobenem Niveau«? Soll's teuer sein oder etwa hoch über der Erde? Beides, hatte ich lachend geantwortet, und so sind wir hier gelandet.

Draußen vor dem Fenster glitzern die Facetten der Nacht – ich bin hin und weg. Wie ein funkelndes Geschmeide legen sich die langen Autoschlangen um die Dunkelheit.

»Mizuo, wieso glaubst du eigentlich, daß es Haru ist?« frage ich ihn.

»Weil ihr euch gut verstanden habt«, sagt Mizuo unbekümmert, schneidet sich ein Stück Fleisch ab und führt es zum Mund. Meine Hand bleibt für einen kurzen Moment in der Bewegung stecken. Mir ist nämlich zum Heulen.

»Meinst du, Haru will mir was sagen?«

»Weiß ich doch nicht!«

»Stimmt, woher auch.«

Und so wende ich mich wieder dem Essen zu. Wahrscheinlich ist alles nur halb so schlimm. Haru verkörpert vielleicht einfach nur meine »Reue« über verpaßte Chancen, die sich mir immer dann schmerzlich aufdrängt, wenn ich versuche, aus meinem vom Alkohol getrübten Alltag auszubrechen. Auch heute abend habe ich schon wieder (allerdings zusammen mit Mizuo) zwei Flaschen Wein geleert, und die Welt vor meinen Augen beginnt zu verschwimmen.

Morgen früh werde ich vollkommen *down* sein und wieder bei Null anfangen müssen, aber bis dahin werde ich dieses wundervolle Gefühl genießen, das sich in das nächtliche Lichtermeer ergießt und von dort ins Unendliche reflektiert wird. Meine unabänderliche Reue, die ja sowieso *jeder* mit sich herumschleppt, erscheint mir in Anbetracht dieses Gefühls wie schmückendes Beiwerk des Lebens, das mich nicht weiter kümmern muß.

»Was hältst du davon, wenn wir jetzt gleich versuchen, Haru zu treffen?« sagt Mizuo plötzlich.

»Was erzählst du denn da?« frage ich in einem etwas merkwürdigen Tonfall, der mich selbst genauso verwundert wie die Gäste im Restaurant, die kurz zu mir herübersehen.

»Ich habe einen Bekannten, der so was arrangieren kann«, sagt Mizuo grinsend.

»Seeehr verdächtig.« Auch ich muß grinsen.

»Überhaupt nicht, ziemlich interessant sogar. Weißt du, der Typ ist ein Zwerg. Es ist schon länger her, als ich noch in einer anderen, weitaus ungemütlicheren Branche zu tun hatte. Damals habe ich ihn kennengelernt. Er kann dich mit einem Toten sprechen lassen. Es ist so ähnlich wie Hypnose, aber ganz realistisch!« sagt Mizuo.

»Und? Hast du das schon mal gemacht?« frage ich.

»Ja, ich habe mal jemanden unabsichtlich getötet!«

Mizuo sagt das, ohne auch nur einmal zu stocken, deshalb ist mir sofort klar, wie sehr ihn der Vorfall mitnimmt.

»Hattet ihr Streit oder so?«

»Nein, ich hatte ihm ein kaputtes Auto geliehen.«

Mehr scheint er darüber nicht erzählen zu wollen und wechselt das Thema. »Die Sache hat natürlich einen bitteren Nachgeschmack bei mir hinterlassen, klar, und deshalb habe ich den Zwerg darum gebeten... Ich habe den Toten also getroffen, wir haben uns unterhalten, und selbst wenn das womöglich alles nur fauler Zauber war, hab ich danach doch wieder Zuversicht gewonnen, echt. Außerdem bin ich nun mal davon überzeugt, daß Haru und du, daß ihr die gleiche Wellenlänge hattet. Hätte nicht dieser Typ zwischen euch gestanden, ihr wärt gut miteinander ausgekommen, ganz bestimmt. Der soll jetzt ja total langweilig und bieder geworden sein, aber damals war er doch wohl richtig gut drauf. Meiner Meinung nach seid ihr beide auf seine Art genau gleich abgefahren. Und darum glaube ich auch, daß ihr euch sehr ähnlich gewesen sein müßt.«

Wieder einmal macht Mizuo seinem Namen alle Ehre: Er ist wie kaltes Wasser. Der Wind draußen muß ziemlich stark sein. Ich bemerke es daran, daß an allen Ecken und Enden des schönen Bildes da draußen vor dem Fenster, wo eigentlich Ruhe herrschen sollte, die Bäume oder was auch immer schwanken. Auf den vollen Straßen bahnen sich die Scheinwerfer der Autos gemächlich ihren Weg durch die Nacht.

»Du bist übrigens viel eher mein Typ als Haru. Ich mag deine flache Nase und deine Tolpatschigkeit.«

Das klingt fast, als fände er selbst für die angeschlagene Blumenvase, die er da vor sich hat, noch ein paar tröstliche Worte, trotzdem, ich mag es, wie er redet, also muß ich ihn wohl wirklich lieben.

»Also gut, machen wir das«, sage ich. »Das scheint ja doch ganz interessant zu sein.«

»Ist es auch!« sagt Mizuo und trinkt seinen Wein. »Du kriegst deinen Kopf wieder klar, und es macht Spaß. Schon allein deshalb solltest du es unbedingt versuchen, auch wenn es vielleicht nur Unfug ist. Es wird dich erleichtern, und da ist ja wohl jedes Mittel recht.«

Mizuo führt mich zu einer dieser kleinen Snackbars im Souterrain, wie man sie überall in Tokyo finden kann und deren gesamtes Inventar eigentlich nur aus einer Theke besteht. Der Barmann ist tatsächlich ein richtiger Zwerg. Abgesehen von seinem insgesamt unproportionierten Körper wirkt er auf mich nicht besonders befremdlich. Er betrachtet mich mit aufmerksamen, wachen Augen.

»Deine Freundin?« fragt er Mizuo plötzlich.

»Ja, sie heißt Fumi.«

Ich nicke leicht und sage: »Freut mich!«

»Darf ich vorstellen: Das ist mein Freund Tanaka*, der Zwerg.«

Als Mizuo das sagt, lacht Tanaka und meint: »Also mit anderen Worten: Wäre ich Amerikaner, hieße ich Smith.«

Er ist mir zwar überaus suspekt, aber der scharfe Verstand, den ich an ihm feststelle, läßt mein Vertrauen in ihn wachsen. Durch eine kleine Tür in der Theke schlüpft er im Nu hinter dem Tresen hervor, geht zum Eingang und verschließt die schwere Tür.

»Ihr seid doch wahrscheinlich hier, um einen Toten zu treffen?« fragt Tanaka.

»Genau. Damit du nicht ganz aus der Übung kommst!« sagt Mizuo lachend.

»In letzter Zeit mach ich das eigentlich nicht mehr. Körperlich ist es nämlich eine ganz schöne Strapaze. Der Spaß wird euch verdammt teuer zu stehen kommen!« sagt Tanaka und schaut mich an.

»Wie lange ist es schon her?«

»Noch nicht so lange. Ich habe die Frau vor ungefähr zwei Jahren zum letzten Mal gesehen. Damals waren wir mit demselben Mann zusammen«, sage ich mit klopfendem Herzen. »Kann ich was zu trinken haben?«

»Klar. Ich habe auch Durst. Ich bestell uns 'ne Flasche.«

»Tja, damit gehört der Abend euch«, sagt Tanaka, steigt auf eine Leiter und kommt mit einer Flasche wieder herunter, die er ganz oben aus dem Regal geholt hat. Dann mixt er uns mit geschickten Handgriffen einen Whisky-Soda.

* *Tanaka* ist einer der geläufigsten Namen in Japan, vergleichbar etwa im Deutschen »Müller«, »Meier«, »Schmidt«. (A. d. Ü.)

»Sie trinkt übrigens in letzter Zeit ein bißchen zuviel«, sagt Mizuo grinsend. »Mix ihr also was Kräftiges.«

»Oooh, verstehe.«

Tanaka lacht, und ich auch. Mizuo glaubt an mich. Er behandelt mich wie eine Erwachsene. Jedenfalls denke ich das immer. Das macht mich unwahrscheinlich sicher. Ich glaube, das Verhalten eines Menschen wird entscheidend davon beeinflußt, wie man ihn behandelt. Ganz unabhängig davon, wie alt jemand ist. Und Mizuo wußte schon immer sehr genau, wie er mit Menschen umzugehen hat. Wir prosten uns zu.

»Aber – warum willst du eigentlich eine Frau treffen, die mit demselben Typen zusammenwar wie du?« fragt Tanaka und legt skeptisch seinen Kopf auf die Seite. Mein Mund ist wie betäubt von dem starken Whisky-Soda-Gebräu.

»Weil ich das Gefühl habe, daß wir uns eigentlich mochten«, antworte ich aufrichtig. »Beinahe, als hätten wir so was wie eine lesbische Beziehung miteinander gehabt.«

»Hahaha«, lacht Tanaka laut und sagt: »Du bist ganz schön offen.« Während ich gedankenverloren auf seine kleinen Schuhe und seine winzigen Hände schaue, überlege ich, worüber ich mich wohl mit Haru unterhalten werde, wenn ich sie treffe. Aber mir fällt nichts ein.

»Tja, wollen wir allmählich anfangen?« fragt Tanaka, als ich gerade mein erstes Glas geleert habe. Mizuo ist nicht gerade gesprächig. Wahrscheinlich erinnert er sich daran, wie er früher selbst einmal hierhergekommen ist.

»Was meinst du mit ›anfangen‹?«

»Es ist ganz leicht: Hier sind weder irgendwelche Drogen im Spiel, noch mußt du Schäfchen zählen. Schließ einfach deine Augen und sei still, dann wirst du schon bald einen Raum betreten. Das ist das Sprechzimmer. Übrigens solltest du dir eins unbedingt hinter die Ohren schreiben: Du darfst den Raum niemals durch die Tür verlassen, auch wenn dich deine Gesprächspartnerin dazu auffordert. Du erinnerst dich an die Geschichte von Lots Frau? Die zur Salzsäule erstarrte? Es ist nämlich schon vorgekommen, daß jemand den Raum verlassen hat und nicht wieder zurückfinden konnte. Und manch einer von diesen blieb für immer verschwunden. Deshalb, sei auf der Hut!«

Eingeschüchtert schweige ich.

Aber Mizuo lächelt und macht mir Mut: »Keine Sorge, du wirst schon auf dich aufpassen!«

Ich nicke und schließe die Augen. Es kommt mir so vor, als würde Tanaka noch einmal durch die Tür in der Theke hindurchschlüpfen, und gleichzeitig merke ich, wie mein Körper völlig auskühlt.

Kaum stelle ich das fest, befinde ich mich auch schon in dem besagten Zimmer.

Ein seltsamer Raum. Eigentümlich eng und mit Milchglasscheiben in den kleinen Fenstern. Ich setze mich auf ein altehrwürdiges rotes Sofa. Es gibt keinen Tisch in dem Zimmer, aber auf der anderen Seite, mir direkt gegenüber, steht noch ein kleines Sofa, das genauso aussieht wie das, auf dem ich sitze. Das Zimmer hat Ähnlichkeit mit einer »Villa Magica«, wie es sie früher immer auf dem Rummel gab. Diese »Villa« erzeugte die Illusion, daß die Wände des Raumes um einen herum kreisten und sich das ganze Gebäude drehte, obwohl man sich selber gar nicht bewegte. Es herrscht ein schummriges Licht in dem Raum, irgendwie macht mich das alles ganz depressiv. Und dann ist da auch noch eine Holztür.

Schon, als ich nur daran denke, die Tür zu berühren, streckt sich meine Hand nach dem Türknauf aus. Er ist schmal und kühl und hat einen stumpfen, goldenen Farbton. Als ich die Hand um ihn lege, fühle ich, wie er sacht vibriert. Also muß das hier so was wie das Auge eines Taifuns oder eine Art Bannkreis sein, ein Ort jedenfalls, um dessen ruhiges Zentrum ein starkes Energiefeld wirbelt. Ich habe das Gefühl, daß mich irgend etwas davon abhält, die Tür zu öffnen. Die Vibrationen durchströmen meinen Körper, und instinktiv fürchte ich die Welt auf der anderen Seite der Tür.

Aber ich kann auch nur zu gut verstehen, daß so mancher diese Tür hat öffnen wollen. Und daß Mizuo mit Sicherheit dazu gehört hat. Und auch, daß es um denjenigen, der diese Tür öffnen würde, geschehen wäre.

... Genau!

Ich trete von der Tür zurück und setze mich wieder auf das Sofa. Mein Verstand hat gesiegt. Dong, dong, klopfe ich auf den Holzfußboden und betaste die rauhe, beigefarbene Wand. Das alles ist echt. Der Raum wirkt bedrückend und so gespenstisch wie der menschenleere Warteraum eines verlassenen Bahnhofs auf dem Land.

In dem Moment passiert es. Plötzlich springt mit einem Knall die Tür auf, und ein Körper scheint hereingefegt zu werden: Haru ist da!

Ich bin viel zu überrascht, als daß ich etwas sagen könnte.

Für einen kurzen Moment erhasche ich über Harus

Schultern hinweg einen flüchtigen Blick auf das bleierne Grau, das den Raum von allen Seiten umgibt. Gleichzeitig höre ich ein Geräusch wie das Brausen des Windes oder so. Das beunruhigt mich tausendmal mehr als die Tatsache, daß Haru tatsächlich gekommen ist.

»Lange nicht gesehen«, sagt Haru. Sie lächelt mit gespitzten Lippen.

Ich fühle mich so einsam und hilflos, als könnten Harus Lachen und überhaupt der ganze Raum im Nu von dem furchterregenden Grau, das das Zimmer umschließt, aufgesaugt werden.

»Mensch, bin ich froh, daß wir uns treffen!«

Die Worte sprudeln aus mir heraus:

»Zum Glück hast du gecheckt, daß ich dich treffen wollte. Ich konnte dich eigentlich total gut leiden, ehrlich! Damals war jeder Tag außergewöhnlich und spannend, und das hat mir Spaß gemacht. Aber nur deshalb, weil du meine Gegnerin warst, Haru. Du hattest eine besondere Bedeutung für mich. Mittlerweile habe ich vieles aus der Zeit mit dir begriffen. Ich finde es so schade, daß wir uns nie richtig unterhalten haben. Dabei gab es doch so viel, worüber ich mit dir hätte reden wollen!«

Ich kann nicht unbedingt behaupten, daß das die reine Wahrheit ist. Es ist mehr ein reumütiges Bekenntnis. Ähnlich, wie man es seiner Liebe hinterherruft, die auf einem Schiff davonsegelt.

Trotzdem, Haru nickt: »Das geht mir genauso«, sagt sie. Sie hat immer noch denselben schlanken Hals und trägt nach wie vor schwarze Klamotten.

»Hey, komm doch mal eben her! Schau dir das an!«

Haru ist aufgestanden. Ihr langes Haar berührt sanft meine Hand. Tatsächlich, es kitzelt mich sanft.

Während ich mich noch davon überzeuge, öffnet Haru plötzlich, rumms, die Tür.

Mein Körper verweigert sich,

›Du darfst den Raum niemals verlassen, auch wenn sie dich dazu einlädt.‹

Haru kichert und ignoriert meinen Anflug von Mißtrauen.

»Stell dich nicht so blöd an, ich will dir doch nur was zeigen! Komm, ich zeig dir, wie ich meinen Kopf zur Tür raushalte!« Sagt's und hält den Kopf einfach in die graue Welt. Im selben Augenblick wird ihr Haar, ohne daß auch nur das geringste Geräusch zu hören wäre, von einer wahnsinnig heftigen Böe erfaßt und beginnt sich zu verheddern. Den Blick nach oben gewandt sagt Haru:

»Erinnerst du dich, wie wir einmal an einem stürmischen Tag zusammen in seinem Zimmer gesessen haben? Genau wie jetzt. Aber heute habe ich sogar mit geschlossenen Augen durch den Sturm hierher gefunden! Nur, um dich noch einmal zu treffen! Für unseren Lover zum Beispiel hätte ich das nicht getan. Es ist nämlich verdammt anstrengend, hierher zu gelangen!«

»Für mich auch«, sage ich, »aber mir war, als müßte ich dich unbedingt treffen.«

»Klar, weil ich dich gerufen habe! Ich habe nämlich die ganze Zeit hier herumgelungert, ganz in deiner Nähe!« meint Haru.

Diese Haru ist irgendwie viel reifer als die, die ich kannte.

»Und warum?« frage ich.

»Weiß nicht. Vielleicht, weil die Zeit mit dir nicht einsam war. Ich war zwar auch sonst nie einsam, aber immer, wenn ich an dich denke, scheint mir die Zeit mit dir am wenigsten einsam gewesen zu sein. Ich glaube, ich hätte dich damals gerne geküßt, auch an dem Tag, als der Sturm draußen toste.«

Haru sagt das mit ausdruckslosem Gesicht.

»Wahnsinn!« erwidere ich. Gleichzeitig macht mich ihr Geständnis so traurig, daß ich es kaum aushalte. Als ich sehe, wie Harus Haar verspielt im Wind tanzt und völlig zerzaust wird, und das, obwohl das Grau da draußen doch bleischwer in der Luft lastet, erkenne ich auf einmal, wie weit, weit weg die Vergangenheit ist. Weiter als der Tod, ja weiter sogar als die unüberbrückbare Distanz, die zwischen zwei Menschen besteht.

»Haru!«

Ich rufe ihren Namen.

Haru lacht kurz auf, richtet ihr Haar, nimmt mit einer selbstverständlichen Bewegung den Türknauf in die Hand und sagt: »Also dann!«, berührt meine Hand und verschwindet durch die Tür. Ja richtig, es gab damals wirklich nur eine einzige Situation, in der wir uns so miteinander unterhalten haben wie heute.

Alles ist still. Nur der Knall, mit dem die Tür ins Schloß gefallen ist, hallt noch in meinen Ohren nach, und da, wo Haru mich berührt hat, bleibt meine Hand kalt.

»Willkommen im Reich der Lebenden!« sagt Tanaka mit lauter Stimme.

Ich bin noch etwas verstört, weiß aber, daß ich mich wieder in der Bar befinde.

»Wow, das war der absolute Wahnsinn! Was ist denn das für ein Trick?« sage ich. Damit will ich die Sache einerseits runterspielen, andererseits drückt sich darin meine unverhohlene Bewunderung aus.

»Unverschämtheit, das war echt!« Tanaka ist ein bißchen eingeschnappt.

»Nun ja, unser Freund hier ist eben ein *Baku* und frißt böse Träume, das ist alles!«* behauptet Mizuo.

»Ja, genau! So könnte man das wirklich sagen!« meint Tanaka.

»Hm, sieht fast so aus. Ich bin froh, daß ich Haru noch einmal treffen konnte. Irgendwie fühle ich mich jetzt wie nach einer Entgiftungskur!« sage ich. Allmählich kehre ich in die Wirklichkeit zurück und vergewissere mich, daß Körper und Geist wieder voll da sind. Als würde sich ein Nebel lichten, klärt sich meine Sicht, und mein Atem geht ruhiger.

»Du fühlst dich jetzt bestimmt, als hättest du einen Marathonlauf hinter dir, oder?« sagt Tanaka und stellt klirrend ein Glas mit Eiswasser vor mir auf die Theke. »Du hast nämlich gerade eine sehr, sehr weite Reise gemacht und bist wieder glücklich hierher zurückgekehrt.«

* *Baku*, der Traumfresser, ist eine Gestalt aus den japanischen Gespenstergeschichten. Äußerlich erinnert ein *Baku* an eine Mischung aus Pferd, Kuh, Elefant, Nashorn und Tiger, und wer unter Alpträumen leidet, malt das Bild eines *Baku* oder das entsprechende Schriftzeichen auf sein Kopfkissen. So bleibt man von bösen Träumen verschont. (A. d. Ü.)

Genau, der Sturm an jenem Tag.

Es war Herbstanfang, und ein Taifun war aufgezogen. Unsere Situation damals war zermürbend, sie hatte bedrohliche Züge angenommen. Haru und ich hatten eine Woche lang nur gestritten. Die Beziehung zu unserem Typen war dabei auseinanderzubrechen. Daran war zwar nichts mehr zu ändern, aber wir waren trotzdem die ganze Zeit über nervös und unsicher deswegen. Er kam mittlerweile so gut wie gar nicht mehr nach Hause, aber damit hatten wir uns schon abgefunden.

»Schreckliches Gewitter da draußen!« sagte ich.

Ich war wegen des Unwetters nicht wie geplant nach Hause gegangen, und da außer Haru nun mal niemand da war, den ich hätte ansprechen können, hatte ich es ganz unwillkürlich getan. Wider Erwarten antwortete Haru aber völlig normal:

»O neiiin! Macht dich das auch so fertig? Ich hasse Gewitter!«

Sie zog die Augenbrauen zusammen. Immer wenn sie dieses Gesicht aufsetzte, wirkte sie erotisch und sah verloren aus. Ich war jedesmal aufs neue für einen kurzen Moment lang davon fasziniert.

»Fumiii, Hilfeee!«

Es hatte grell geblitzt, und direkt danach war ein krachender Donnerknall zu hören gewesen. Es war das erste Mal, daß sie so etwas zu mir sagte, deshalb sah ich schokkiert zu ihr hinüber. Haru wandte sich mir zu und lächelte wie ein kleines Mädchen. Und da erkannte ich, daß auch sie begriffen hatte. Unsere Beziehung war zu Ende, und wir würden uns nie wiedersehen. Das alles wußte Haru.

Ich sagte: »Es ist ganz nah!«

Da schrie sie noch einmal: »O neiiin!« und trat vom Fenster zurück. Sie stellte sich hinter meinen Rücken und tat so, als wollte sie sich dort verstecken.

Vermutlich machte sie das alles nur, weil sie sich verlassen fühlte, seit der Sturm aufgezogen war.

»Stell dich nicht so an! Ich weiß doch genau, daß du keine Angst vor Gewitter hast!«

Als ich mich empört zu ihr umdrehte, lachte sie:

»Aber ehrlich gesagt, ich habe *wirklich* ein klitzekleines bißchen Angst!«

Von ihrem Lachen angesteckt, mußte auch ich lächeln, worauf Haru mit verblüfftem Gesichtsausdruck sagte:

»Hey, hatten wir da nicht gerade einen Draht zueinander? Ganz kurz?«

»Ja, könnte sein.«

Ich nickte.

In dem Zimmer waren wir von der Außenwelt abgeschnitten. Aus der Ferne drang immer wieder grollender Donner zu uns herüber. Die Atmosphäre in dem Raum war so dicht, daß man hätte meinen können, nur unser unterdrückter Atem würde die kleine Vollkommenheit stören. Noch funkelte sie hier still vor sich hin wie eine Kostbarkeit. Schon bald würde es vorbei sein damit. Sie würde erlöschen. Wir alle würden uns voneinander trennen. Das war die einzige Gewißheit, die ich hatte, und sie machte sich immer und immer wieder bemerkbar.

»Ob es ihm gut geht?«

Ein aufleuchtender Blitz ließ Harus Profil klein und hübsch erscheinen.

»Weiß nicht.«

Um diese Stimmung zu bewahren, hatte ich es bei Harus Bemerkung bewenden lassen wollen. Wir waren beide ganz still.

»Ob er wohl einen Schirm bei sich hat?«

»Der würde ihm bei dem Wetter auch nichts nützen. Da würde sowieso nur der Blitz einschlagen.«

»Das würde zu ihm passen, so zu sterben.«

»Hoffentlich kommt er bald zurück.«

»Ja, hoffentlich.«

Die Knie fest umschlungen, saßen wir nebeneinander an die Wand gelehnt und unterhielten uns. Das hatte es weder vorher je gegeben, noch hatte es sich später wiederholt. Nur dieses eine, einzige Mal habe ich mich in dieser Form mit Haru unterhalten. Unaufhörlich drängte sich das Rauschen des strömenden Regens zwischen unsere Gedanken. Es kam mir vor, als hätten wir uns hier in diesem Zimmer schon immer gut verstanden. Als hätten wir immer nur so getan, als würden wir uns nicht verstehen.

»Hört sich an wie ein Sommergewitter, oder?«

»Ja, so stark hat es schon lange nicht mehr geregnet.«

»Wo wird er jetzt wohl sein?«

»Irgendwo, ist mir egal. Hauptsache, er ist in Sicherheit.«

»Mach dir keine Sorgen!«

»Ja, schon gut.«

Haru hatte ihr schmales Kinn auf die angezogenen Knie gelegt und anmutig, aber deutlich genickt.

Es ist kurz vor Morgengrauen, als Mizuo und ich Tanakas Laden verlassen. Während wir die Straße entlanggehen, frage ich ihn:

»Sag mal, wie lange war ich denn nun eigentlich ohne Bewußtsein?«

»Fast zwei Stunden! Ich habe gewartet und getrunken, und jetzt bin ich völlig besoffen!«

Mizuos Stimme hallt laut durch die menschenleere Gasse.

»Ehrlich? So lange?«

Ich bin etwas überrascht, denn das Treffen mit Haru war mir nur ganz kurz vorgekommen. Trotzdem, ich fühle mich erfrischt. Das Leuchten der Sterne und des Mondes erscheint mir hell und klar wie seit Jahren nicht mehr, fast, als hätte jemand den Himmel geputzt. Das bloße Gehen macht mir Spaß, und ich werde automatisch schneller. Haru, das Lied der Engel, der Zwerg als Medium, Haru...

»Es ist doch gut, wenn man mit seinen Gefühlen im reinen ist«, sagt Mizuo plötzlich und legt seinen Arm um meine Schultern. »Denk jetzt einfach nicht mehr darüber nach!«

Wortlos nicke ich.

War es wirklich Zufall, daß ich jeden Abend so viel getrunken habe?

War Haru dabei tatsächlich jedesmal in meiner Nähe?

Und dieses wunderschöne Lied? Hatte mich da etwa Haru gerufen?

Und vorhin, wo war ich da?

Was war der Zwerg wohl nur für ein Wesen? Warum konnte er so etwas?

War das wirklich gerade die tote Haru?

Oder habe ich mir das alles nur selbst vorgegaukelt?

Haru ist einfach verschwunden, und ich bin hier zurückgeblieben.

Über all diese Fragen weht ein angenehmer nächtlicher Wind. Er reißt meine Gedanken mit sich fort.

»Irgendwie habe ich das Gefühl, als würde ich ab morgen weniger trinken. Das klingt jetzt vielleicht abgedroschen«, sage ich, »aber was soll's. Ich bin jedenfalls fest davon überzeugt!«

»Alles hat seine Zeit, und jetzt scheint die Zeit dafür gekommen zu sein, bestimmt!«

Mizuo lacht.

Für Mizuo scheint alles nur eine Frage des rechten »Zeitpunkts« zu sein. Auch, daß wir uns kennen und daß wir zusammen sind – alles nur *timing*?

Vermutlich ist er nur deshalb so übertrieben nett und freundlich, weil er einfach viel zu kaltherzig ist.

Ich weiß nicht, was die Zukunft bringen wird, aber womöglich kristallisiere ich zu Eis, wenn ich ihn noch mehr liebe als jetzt?

Wie wird es uns beiden wohl in dem vor uns liegenden, neuen Leben ergehen?

Aber – ich habe das Gefühl, daß Mizuos Lachen mein Herz genauso unmittelbar berührt wie diese kühle, schöne Nacht. Es stört mich nicht im geringsten, daß alles vergeht, auch die Ereignisse dieser Nacht, die ich mit ihm verbracht habe. Genau deshalb scheint sie wie ein Juwel in meiner Hand zu funkeln. Wie damals an jenem Tag mit Haru.

Auf einmal wird mir klar, daß, egal was auch passiert, ich wohl nie wieder dieses schöne Lied hören werde, von dem ich jedesmal eine Gänsehaut bekommen habe. Schon der Gedanke stimmt mich unsäglich traurig.

Diese Geborgenheit, diese Wärme, diese unsagbare Traurigkeit, diese wohltuende Freundlichkeit. Jedesmal, wenn ich demnächst das schimmernde Grün der Bäume im Garten betrachte, werde ich denken: War das schöööön! In meiner Erinnerung wird undeutlich ein Fetzen jener sanften Melodie aufflackern, und ich werde versuchen, ihr nachzuspüren, wie man einem schönen Duft hinterherschnuppert.

Dann werde ich mich immer weniger daran erinnern, und schon bald werde ich alles vergessen haben.

Das ALLES wird mir klar, während ich, Mizuos Arm um meinen Schultern, die Straße entlangschlendere.

Nachwort

Alle drei Geschichten in diesem Buch handeln von der »Nacht«, von der Nacht derjenigen, die gerade in jener blockierten, verschlossenen Phase stecken, in der die Zeit stillsteht. Die drei sind also sozusagen Geschwister – in gewissem Sinne könnte man sie vielleicht sogar als eine einzige große Erzählung ansehen.

Außerdem beruhen sie schließlich alle mehr oder weniger auf eigenen Erfahrungen. Meinen Erfahrungen mit gegrilltem Aal, Feuerwerk, Schlafsucht, Alkohol, meinen Begegnungen mit anderen Menschen ... Das alles und noch viel mehr, was ich in letzter Zeit erlebt habe, hat mich bewegt – und daraus sind dann, verwandelt natürlich, diese Geschichten entstanden.

Mittlerweile streife ich schon wieder rastlos umher, Tag und Nacht auf der Suche nach neuen Erfahrungen des Herzens.

Ich möchte allen Menschen von Herzen danken, die mir in diesen harten Tagen des rastlosen Umherstreifens zur Seite gestanden haben, die mir geholfen haben, indem sie die Geschichten gelesen und mir ihre Eindrücke vermittelt haben.

Ich bin schon froh, wenn Sie sich beim Lesen einigermaßen unterhalten haben. Aber falls sich unter Ihnen einige befunden haben sollten, denen es stimmungsmäßig gerade so ähnlich ging wie den Protagonisten in diesem Buch, und wenn diese Leser bei der Lektüre ihre Zuversicht wiedergefunden haben sollten – dann wäre das mein höchstes Glück.

Banana Yoshimoto

Banana Yoshimoto im Diogenes Verlag

Kitchen

Aus dem Japanischen von
Wolfgang E. Schlecht. Mit einem Essay
von Giorgio Amitrano

Eine ganze Generation kann sich mit diesem Buch identifizieren, dessen Schauplatz zwar Tokyo ist, das aber auf der ganzen Welt spielen könnte. Ein Buch über junge Menschen, die lebenshungrig und zugleich voller unbestimmter Ängste sind.

»Eine amüsante, kurzweilige Einführung in die von Nostalgie und Sentiment getränkte Welt des jungen Japan.« *Frankfurter Allgemeine Zeitung*

»Seit Salingers *Fänger im Roggen* hat niemand mehr die Initiationsriten des Erwachsenwerdens so eindringlich beschrieben wie Banana Yoshimoto.«
Der Tagesspiegel, Berlin

N. P.

Roman. Deutsch von
Annelie Ortmanns-Suzuki

Der Schriftsteller Sarao Takase hinterläßt ein unvollendetes Manuskript, als er seinem Leben ein Ende setzt. Es enthält 97 Erzählungen mit dem Titel *N.P.* – North Point – und wird in den USA, wo Takase lebte, ein Bestseller.
Im Zentrum dieses Romans stehen junge Menschen voller Lebenshunger und Sehnsucht nach Liebe.

»Was für ein Talent! Banana Yoshimoto schreibt wunderbar subtile, wundersam verstörende Bücher. *N. P.* erzählt von jenem schmerzlich-schönen Gefühlschaos, das wir mit gutem Grund ebenso fürchten wie herbeisehnen.« *Stern, Hamburg*

Tsugumi

Roman. Deutsch von
Annelie Ortmanns

Ein kleiner Ort auf der Halbinsel Izu. Zwei Mädchen, die auf Izu eine idyllische Kindheit verbracht haben, erneuern hier jeden Sommer ihre Freundschaft: Die Ich-Erzählerin Maria und die wilde, verrückte Tsugumi, deren Temperament nicht zu ihrer fragilen Gesundheit passen will.

Es ist der letzte Sommer einer engen Mädchenfreundschaft. Und auch die Inselidylle nimmt ein jähes Ende. Denn im Ort wird ein großes Hotel gebaut, das den Ruin der kleinen Gasthöfe bedeutet. Tsugumi lernt einen jungen Mann kennen, der im Ort heftig angefeindet wird. Er scheint der einzige, der das eigenwillige Mädchen zu erobern vermag. Aber die zarte Liebesgeschichte endet beinahe in einer Katastrophe.

Tsugumi ist vielleicht Bananas schillerndste, schrägste und liebenswürdigste Figur. Und ihre Streiche und Extravaganzen können nicht vertuschen, daß sich im Grunde wieder alles um die Sehnsucht dreht.

Auch in diesem Roman erzählt Banana »von jenem schmerzlich-schönen Gefühlschaos, das wir mit gutem Grund ebenso fürchten wie herbeisehnen«.
stern, Hamburg

»Yoshimoto schildert nicht die äußere, sondern die innere Wirklichkeit ihrer Personen. Die Farbe des Himmels und die Form des Mondes sind sichtbar gemachte Gefühle.« *Der Tagesspiegel, Berlin*

»Eine Romanautorin als Jugendidol – bei uns wäre das unvorstellbar. In Japan jedoch hat Banana Yoshimoto genau das geschafft.« *Petra, Hamburg*

Amélie Nothomb im Diogenes Verlag

Die Reinheit des Mörders

Roman. Aus dem Französischen von Wolfgang Krege

»Ein intellektueller Schlagabtausch zwischen einem monströsen Zyniker und Frauenhasser und einer gescheiten Frau. Beide treiben die Frage nach dem Sinn des Daseins, der Liebe und der Literatur bis zum Äußersten.« *Ellen Pomikalko/Brigitte, Hamburg*

»Erstaunlich, wie profund und abgründig Amélie Nothomb erzählt.« *Die Weltwoche, Zürich*

Liebessabotage

Roman. Deutsch von Wolfgang Krege

In keinem Geschichtsbuch der Welt wird er erwähnt: der Weltkrieg, der von 1972 bis 1975 in San Li Tun, dem Diplomatenghetto von Peking, tobte. Und doch hat er stattgefunden. Während sich Diplomateneltern aus aller Welt um internationalen Frieden bemühen, spielen ihre Kinder Krieg – aus Langeweile. Bis die siebenjährige Heldin der wunderschönen Elena begegnet und sich unsterblich verliebt. Durch die zehnjährige Italienerin eröffnet sich ihr ein neuer Kriegsschauplatz. Elena wird ihr trojanischer Krieg, ihre Liebessabotage.

»Brillant formuliert. Man fragt sich, woher dieses erst siebenundzwanzig Jahre alte Genie so viel Weisheit, so viel Reife, so viel Sprachstil nimmt. *Liebessabotage* ist gleichermaßen humorvoll wie grausam. Ein mehr als würdiger Nachfolgeroman.« *Marie-Claire, München*

»Gäbe es eine Bestsellerliste für freche Enthüllungsliteratur, Nothombs *Liebessabotage* stände ganz oben.« *Brigitte, Hamburg*

Der Professor

Roman. Deutsch von Wolfgang Krege

Das Ehepaar Hazel hat sich einen Traum erfüllt: für den friedlichen Lebensabend das kleine Häuschen auf dem Land, glyzinienumrankt, in schöner Abgeschiedenheit. Auf Sichtweite nur noch das Häuschen des einzigen Nachbarn. So sollte dem Glück im Verborgenen nichts mehr im Wege stehen – bis zu dem Tag, an dem sich dieser Nachbar zum Kaffee einlädt. Zunächst nichts Ungewöhnliches. Doch er kommt wieder. Schlag vier steht Palamède Bernardin nun täglich vor der Tür. Und läßt sich weder mit Tricks noch mit deutlichen Hinweisen abwimmeln. Ein Alptraum beginnt sich einzunisten.
Émile Hazel, ehemaliger Lehrer und Altphilologe, ist am Ende seiner Geduld. Schmerzhaft wird ihm bewußt, daß sich sechsundsechzig Jahre zivilisierter Höflichkeit nicht einfach abschütteln lassen. Wirklich nicht?
Ein Psychothriller, der Alptraum, Endzeitstimmung und schlagfertigen Witz zu einem atemberaubenden Lesegenuß vereint.

»Ein vollendet komponiertes Meisterwerk. Es beginnt wie eine Zeichnung von Sempé, es geht weiter wie ein Roman von Stephen King, um schließlich zu enden wie ein Stück von Beckett.«
Pierre Assouline/Lire, Paris

»Blendend erdacht, kunstvoll konstruiert und glänzend erzählt.«
Wolfgang Hausmann/Norddeutscher Rundfunk, Hannover

Connie Palmen im Diogenes Verlag

Die Gesetze

Roman. Aus dem Niederländischen von Barbara Heller

In sieben Jahren begegnet die Ich-Erzählerin, eine junge Studentin, sieben Männern: dem Astrologen, dem Epileptiker, dem Philosophen, dem Priester, dem Physiker, dem Künstler und dem Psychiater. Sie begehrt an diesen Männern vor allem das Wissen, das sie befähigt, die Welt zu verstehen und zu beurteilen. Sie versucht die Gesetze, die sie sich für ihr Leben gewählt haben, zu ergründen, sucht nach dem, was Halt in einer unsicheren Welt geben kann.

»Sehr lebendig und ebenso philosophisch erzählt. Ein Bestseller der Extraklasse.«
Rolf Grimminger/Süddeutsche Zeitung, München

Die Freundschaft

Roman. Deutsch von Hanni Ehlers

Die Freundschaft ist ein Roman über Gegensätze und deren Anziehungskraft: Über die uralte und rätselhafte Verbindung von Körper und Geist; über die Angst vor Bindungen und die Sehnsucht nach Zugehörigkeit; über Süchte und Obsessionen und die freie Verfügung über sich selbst.
Ein aufregend wildes und zugleich zartes Buch voller Selbstironie, das Erkenntnis schenkt und einfach jeden angeht.

»Connie Palmen ist nicht nur eine gebildete, sondern auch eine höchst witzige Erzählerin.«
Hajo Steinert/Tempo, Hamburg

Der Roman wurde mit dem renommierten niederländischen AKO-Literaturpreis 1995 ausgezeichnet

Doris Dörrie im Diogenes Verlag

»Doris Dörrie ist als Erzählerin Spezialistin in diffizilen Angelegenheiten der kleinen Rache und gezielten Ohrfeigen zum Zwecke der Unterstützung des eigenen Selbstwertgefühles. Sie ist eine sehr gute Kurzgeschichten-Schreiberin mit der erforderlichen Prise Selbstironie und mit stilistischer Eleganz.«
Annemarie Stoltenberg/Die Zeit, Hamburg

»Es ist vollkommen gleichgültig, ob Sie Doris Dörrie in der Badewanne, im Intercity-Großraumwagen, im Lehnstuhl oder in der Straßenbahn lesen, nur: Lesen Sie sie!« *Deutschlandfunk, Köln*

Liebe, Schmerz und das ganze verdammte Zeug
Vier Geschichten

»Was wollen Sie von mir?«
Erzählungen
Mit Fotos von Helge Weindler

Der Mann meiner Träume
Erzählung

Für immer und ewig
Eine Art Reigen

Love in Germany
Deutsche Paare im Gespräch mit Doris Dörrie
Unter Mitarbeit von Volker Wach. Mit 13 Fotos

Bin ich schön?
Erzählungen

Samsara
Erzählungen

Susanna Tamaro im Diogenes Verlag

»Die 1957 in Triest geborene italienische Autorin Susanna Tamaro, Großnichte Italo Svevos, ist eine hinreißende Fabuliererin mit frischer Phantasie, Poesie und Witz.« *Süddeutsche Zeitung, München*

»Dieser aufrichtige und klare Stil; diese Fähigkeit, das Leid der Schwachen und Schutzlosen zu zeichnen – sie hat es vermocht, mich zu rühren, ohne mich zu beschämen, nicht anders als es mir bei der Lektüre von *Oliver Twist* ergangen war oder bei bestimmten Seiten aus Kafkas *Amerika.*« *Federico Fellini*

»Eine der lebendigsten und schmerzlichsten Stimmen der jungen italienischen erzählenden Literatur. Transparent wie Kristall. Und stark. Und zart.«
Grazia, Mailand

Love
Fünf Erzählungen. Aus dem Italienischen von Maja Pflug

Der kugelrunde Roberto
Deutsch von Maja Pflug

Geh, wohin dein Herz dich trägt
Roman. Deutsch von Maja Pflug

Die Demut des Blicks
Zwei Essays. Deutsch von Maja Pflug

Kopf in den Wolken
Roman. Deutsch von Ulrich Hartmann

Eine Kindheit
Erzählung. Deutsch von Maja Pflug

Der Zauberkreis
Ein Märchen für große und kleine Kinder. Mit Bildern von Tony Ross. Deutsch von Ulrich Hartmann

Anima mundi
Roman. Deutsch von Maja Pflug

Die Demut des Blicks
Wie ich zum Schreiben kam. Zwei Essays und ein Gespräch mit Paola Gaglianone. Deutsch von Maja Pflug

Leon de Winter im Diogenes Verlag

»Leon de Winter gehört in die Reihe der bedeutenden Gegenwartsautoren wie John Updike, Philip Roth oder Harry Mulisch.«
Ellen Pomikalko/Brigitte, Hamburg

»Ein neuer europäischer Romancier von Rang: Leon de Winter beweist, wie man E und U spielerisch verbindet.« *Abendzeitung, München*

»Leon de Winter hat etwas zu erzählen, und er tut es so gut, daß man nicht genug davon bekommen kann.«
Rolf Brockschmidt/Der Tagesspiegel, Berlin

Hoffmans Hunger
Roman. Aus dem Niederländischen
von Sibylle Mulot

SuperTex
Roman. Deutsch von
Sibylle Mulot

Serenade
Roman. Deutsch von
Hanni Ehlers

Zionoco
Roman. Deutsch von
Hanni Ehlers